宗璞

烟斗上小人儿的话

人民文学出版社

图书在版编目(CIP)数据

烟斗上小人儿的话/宗璞著. —北京：人民文学出版社,2017
(我们小时候)
ISBN 978-7-02-012751-1

Ⅰ.①烟… Ⅱ.①宗… Ⅲ.①散文集-中国-当代 Ⅳ.①I267

中国版本图书馆 CIP 数据核字(2017)第 101231 号

丛书策划	陈　丰
责任编辑	杨　柳　杜　晗　李　殷
封面设计	汪佳诗
插　　图	李清月

出版发行	人民文学出版社
社　　址	北京市朝内大街 166 号
邮政编码	100705
网　　址	http://www.rw-cn.com
印　　制	山东德州新华印务有限责任公司
经　　销	全国新华书店等
开　　本	890 毫米×1240 毫米　1/32
印　　张	5.125
插　　页	5
字　　数	110 千字
版　　次	2018 年 2 月北京第 1 版
印　　次	2018 年 2 月第 1 次印刷
书　　号	978-7-02-012751-1
定　　价	32.00 元

如有印装质量问题，请与本社图书销售中心调换。电话：010-65233595

编者的话
大作家与小读者

"我们小时候……"长辈对孩子如是说。接下去，他们会说他们小时候没有什么，他们小时候不敢怎样，他们小时候还能看见什么，他们小时候梦想什么……翻开这套书，如同翻看一本本珍贵的童年老照片。老照片已经泛黄，或者折了角，每一张照片讲述一个故事，折射一个时代。

很少人会记得小时候读过的那些应景课文，但是课本里大作家的往事回忆却深藏在我们脑海的某一个角落里。朱自清父亲的背影、鲁迅童年的伙伴闰土、冰心的那盏小橘灯……这些形象因久远而模糊，但是永不磨灭。我们就此认识了一位位作家，走进他们的世界，学着从生活平淡的细节中捕捉永恒的瞬间，然后也许会步入文学的殿堂。

王安忆说："历史是胜利者的历史，记忆也是，谁的记忆谁有发言权，谁让是我来记忆这一切呢？那些沙砾似的小孩子，他们的形状只得湮灭在大人物的阴影之下了。可他们还是摇曳着气流，在某种程度上，修改与描画着他人记忆的图景。"如果王安忆没有弄堂里的童年，忽视了"那些沙砾似的小孩子"，就可能没有《长恨歌》这部上海的记忆，我们的文学史上或许就少了一部上海史诗。儿时用心灵观察、体验到的一切可以受用一生。如苏童所言，"童年的记忆非常遥远却又非常清晰"。普鲁斯特小时候在姨妈家吃的玛德莱娜小甜点的味道打开了他记忆的闸门，由此产生了三千多页的长篇巨著《追寻逝去的时光》。苏童因为对儿时空气中飘浮的"那种樟脑丸的气味"和雨点落在青瓦上"清脆的铃铛般的敲击声"记忆犹新，因为对苏州百年老街上店铺柜台里外的各色人等怀有温情，

烟斗上小人儿的话

他日后的"香椿树街"系列才有声有色。汤圆、蚕豆、当甘蔗啃的玉米秸……儿时可怜的零食留给毕飞宇的却是分享的滋味,江南草房子和大地的气息更一路伴随他的写作生涯。迟子建恋恋不忘儿时夏日晚饭时的袅袅蚊烟,"为那股亲切而熟悉的气息的远去而深深地怅惘着",她的作品中常常飘浮着一缕缕怀旧的氤氲。

什么样的童年是美好的?生长于上世纪六十年代、七十年代动乱时期的中国父母们很难回答这个问题。他们中的大多数人没有团花似锦的童年。"在漫长的童年时光里,我不记得童话、糖果、游戏和来自大人的过分的溺爱,我记得的是清苦,记得一盏十五瓦的黯淡的灯泡照耀着我们的家,潮湿的未浇水泥的砖地,简陋的散发着霉味的家具……"苏童的童年印象很多人并不陌生。但是清贫和孤寂却不等于心灵贫乏和空虚,不等于没有情趣。儿童时代最温馨的记忆是玩过什么。那个时代玩具几乎是奢侈品,娱乐几乎被等同于奢靡。但是大自然却能给孩子们提供很多玩耍的场所和玩物。毕飞宇和小伙伴们不定期地举行"桑树会议",每个屁孩在一棵桑树上找到自己的枝头坐下颤悠着,做出他们的"重大决策"。辫子姐姐的宝贝玩具是蚕宝宝的"大卧房",半夜开灯看着盒子里"厚厚一层绒布上一些小小的生命在动,细细的,像一段段没有光泽的白棉线。我蹲在那里,看蚕宝宝吃桑叶。好几条蚕宝宝伸直了身体,对准一片叶子发动'进攻'。叶子边有趣地一点点凹进去,弯成一道波浪形"。那份甜蜜赛过今天女孩子们抱着芭比娃娃过家家。

最热闹的大概要数画家黄永玉一家了,用他女儿黑妮的话说,"我们家好比一艘载着动物的诺亚方舟,由妈妈把舵。跟妈妈一起过日子的不光是爸爸和后来添的我们俩,还分期、分段捎带着小猫大白、荷兰猪土彼得、麻鸭无事忙、小鸡玛瑙、金花鼠米米、喜鹊喳喳、猫黄老闷儿、猴伊沃、猫菲菲、变色龙克莱玛、狗基诺和绿毛龟六绒",这家人竟然还从森林里带回家一只小黑熊。这艘大船的掌舵人张梅溪女士让我们见识了上世纪五十年代的小兴安岭,带我们走进森林动物世界。

　　物质匮乏意味着等待、期盼。比如等着吃到一块点心，梦想得到一个玩具，盼着看一场电影。哀莫大于心死，祈望虽然难耐，却不会使人麻木。渴望中的孩子听觉、嗅觉、视觉和心灵会更敏感。"我的童年是在等待中度过的，我的少年也是在等待中度过的……一次又一次的失望让我拥有了无与伦比的忍受力。我的早熟一定与我的等待和失望有关。在等待的过程中，你内心的内容在疯狂地生长。每一天你都是空虚的，但每一天你都不空虚。"毕飞宇在这样的期待中成长，他一年四季观望着大地变幻着的色彩，贪婪地吸吮着大地的气息，倾听着"泥土在开裂，庄稼在抽穗，流水在浇灌"。没有他少年时在无垠的田野上的守望，就不会有他日后《玉米》《平原》等乡村题材的杰作。

　　而童年留给迟子建的则是大自然的调色板。她画出了月光下白桦林的静谧、北极光令人战栗的壮美，还有秋霜染过的山峦……她笔下那些背靠绚丽的五花山"弯腰弓背溜土豆"的孩子，让人想起米勒的《拾穗者》。莫奈的一池睡莲虚无缥缈，如诗如乐，凡·高的向日葵激情四射，如奔腾的火焰……可哪个画家又能画出迟子建笔下炊烟的灵性？"炊烟是房屋升起的云朵，是劈柴化成的幽魂。它们经过了火光的历练，又钻过了一段漆黑的烟道，一旦从烟囱中脱颖而出，就带着一种超凡脱俗的气质，宁静、纯洁、轻盈、缥缈。天空无云，它们就是空中的云朵；而有云的日子，它们就是云的长裙下飘逸的流苏。"

所以，毕飞宇说："如果你的启蒙老师是大自然，你的一生都将幸运。"

作家们没有美化自己的童年，没有渲染贫困，更不是"为赋新词强说愁"，而是从童年记忆中汲取养分，把童年时的心灵感受诉诸笔端。

如今我们用数码相机、iPad、智能手机不假思索地拍下每一处风景、每一个瞬间、每一个表情、每一个角落、每一道佳肴，然后轻轻一点，很豪爽地把很多图像扔进垃圾档。我们的记忆在泛滥，在掉价。几十年后，小读者的孩子看我们的时代，不用瞪着一张张发黄的老照片发呆，遥想当年。他们有太多的色彩斑斓的影像资料，他们要做的是拨开扑朔迷离的光影，筛选记忆。可是，今天的小读者们更要靠父辈们的叙述了解他们的过去。其实，精湛的文本胜过图片，因为你可以知道照片背后的故事。

我们希望，少年读了这套书可以对父辈说："我知道，你们小时候……"我们希望，父母们翻看这套书则可以重温自己的童年，唤醒记忆深处残存的儿时梦想。

我们期待着更多的作家加入进来，为了小读者，激活你们童年的记忆。

童年印象，吉光片羽，隽永而清新。

陈　丰

目 录

上篇

热土	3
紫藤萝瀑布	9
好一朵木槿花	12
养马岛日出	16
那青草覆盖的地方	19
那祥云缭绕的地方	26
京西小巷槐树街	34
酒和方便面	38
萤火	44
柳信	51
小东城角的井	57
三千里地九霄云	61

下篇

花朝节的纪念	71
梦回蒙自	82
漫记西南联大和冯友兰先生	87
忆当年——《新理学》七十岁	103
烟斗上小人儿的话	110
星期三的晚餐	115
湖光塔影	123
我爱燕园	129
风庐乐忆	135
从近视眼到远视眼	140
告别阅读	146

上 篇

热　土

弯曲的石径从小山坡上伸延下去，坡上坡下，长满了茂密的树木，望去只觉满眼一片浓绿，连身子都染得碧沉沉的。坡底绿草如茵，这里那里，点缀着粉红、淡蓝的小喇叭花。石径穿过草地，又爬上对面的小山坡，消失在绿荫深处。微风掠过这幽深的谷底，清晨芬芳的空气沁人心脾。许久以来，我还是第一次来到这隐秘的所在。

这不是我儿时常来游玩的地方么？对了。那四根白石柱本是藤萝架，曾经开满淡紫色的花朵，宛如一个大的幔帐。记得我和弟弟,还有几个小朋友一起,常在这里跑来跑去捉迷藏。而我们最喜欢的游戏是玩土。小山脚下石径旁,那一块地方土质松软,很像沙土,我们便常在这里进行大规模的建设,造桥、铺路、挖成一个洞,还可以堆起土墙、土房。我们几乎天天要造一座城池呢。

那正是七七事变后不久,我们几个孩子住在姑母家,因为那时这里是教会学校,可以苟安一时。虽然我们每天只是玩,但在小小的心里也感到国破的厄运了。记得就在这藤萝架下,我给飞蚂蚁咬了一口,哭个不停。弟弟担心地拉着我的手吹着,一个大些的小朋友不耐烦了,说道:"这是什么大事,日本兵都打进来了!"

"他们来抢我们的土地吗?"我马上停住了哭,记起了这句大人说过的话。紧接着我就去抚摸我们经常抚摸的泥土,觉得土地是这样温暖,这样可亲可爱。我恨不得把祖国大地紧紧拥抱在胸怀之间,免得被人抢走。我生长在这里,我爱这树、这山、这泥土……

我不觉坐在石径的最下一阶,抚摸着那绿草遮盖的

烟斗上小人儿的话

土地,沉入了遐想。

我想起清华校门内的那条林荫道,夹道两行槐树。每年夏初,淡淡的槐花香,便预告着要有一批年轻人飞向祖国各地,去建设我们亲爱的祖国。记得我走上工作岗位那年,我们几个同学在那条路上徘徊了多少次!我们讨论怎样服从祖国的需要,怎样使自己成为一丝一缕,来为祖国、为人民、为革命织造锦绣前程!后来我们全班十一个同学一起写了一份决心书,其中有这样的话语:"如果有不如意的时候,请不要跺脚吧!脚下的土地,埋藏着烈士的头颅,浸染着烈士的鲜血。我们没有权利惊扰他们,我们只有义务在他们为之献身的土地上,实现共产主义理想。"记得在大礼堂宣读这份决心书时,会场是那样安静,气氛是那样激动和热烈,每个年轻的心都充满着建设祖国的美好愿望。会后,我走出礼堂,看到门前一片草坪,我又一次想拥抱祖国的土地。我要用每一分力量,使祖国的土地更温暖……

下放劳动时,我亲耳听到一个公社书记也说了类似的话:我们脚下的土地非比寻常,"不要跺脚"。在

5

村中住下了，我才知道确实有"热土"这两个字。我的房东大娘在抗日战争、解放战争中都是积极分子。她常说，这附近十几个村庄，多少里地，每一寸都有她的脚印。"连那桑干河的水波纹，都让我踩平了。"她的儿子没有大枪高就参了军，五十年代末期在张家口地委工作，多次来信请娘去住。我就坐在大门前小凳上给老人家念过几次这样的信。大娘每次听过，总要怔怔地望着村外那一片果树林。村子居高临下，越过那一片雪白的花海，可以望见花林外面的桑干河，闪着亮光，正在滔滔流去。"热土难离啊！"大娘每次都喃喃地说，"热土难离！"

热土难离！我们的泪水、血汗灌溉着它，怎能不热！我们的骨骸身体营养着它，怎能不热！因为我们在这里度过了童年，在这里寄托着青年时代的梦想，我们还要永远安息在这里。因为这是我们的，我们自己的，我们自己的祖国的土地。

可是在六十年代末期，一切过去的和将来的梦，一切美好的人为之生活、战斗的信念，都成为十恶不赦的

烟斗上小人儿的话

罪行。正在建设的城池轰然倾倒，热土变成了废墟。那段沉重的日子，说不完写不尽，但有些记忆，也会随着岁月的流逝而淡漠的。可有一个说来平淡的印象，却使我永不能忘。由于各种原因，我好几个月不曾出城。一次终于来到这校园中看望年迈的父母。在经过几个宿舍楼时，感到气氛异常，两边楼顶上都横放着床板，后来知道那是武斗中的防御工事。行人经常来往的大路空荡荡的，到处扔着些破砖烂瓦。虽然阳光照得刺眼，却显得十分荒凉惨淡。不知是怎么回事，我踌躇良久便绕道而行。后来听人说，幸亏没有愣走过去，要是走过去，还不知有怎样的下场！那时，无论怎样的下场，我都不在乎，但我却记下了那空荡荡点缀着碎砖石的路面，阳光照得刺眼。

以后我每想起这制造出来的空荡荡的荒凉惨淡，就想起我们的流过明亮的河水、开着鲜花的热土，就想起曾有的要在这一片热土上建设祖国的热切的心情，就想起幼年时怕失去祖国的恐惧。无论经过怎样的曲折艰险，我总觉得脚下的热土在给我力量，无论怎样迷茫绝望，我从未失去对祖国的信念。

　　清晨和煦的阳光，从浓密的树荫间照了下来，可以看见一束束亮光里浅淡的白雾，雾气正在消散。一束光恰照在我儿时玩沙土的地方。这里是一片鲜嫩的绿色，我们那幼小的手建造起来的玩具城池，当然不复存在。但我们现在正用成人的坚定的手，在祖国的热土上，建设着新的、各种各样的美好的城池了。即或面对疾风骤雨、惊雷骇电，我们会成功！因为我们是站在亿万人民的血泪和汗水浇灌的热土上，是站在中华民族祖祖辈辈的身体骨骸营养的热土上啊！

　　我离开这幽静的绿谷，慢慢走回家去，远远看见巍峨的图书馆门前，有一群群背着书包的年轻人在等候……

1979 年 6 月

紫藤萝瀑布

我不由得停住了脚步。

从未见过开得这样盛的藤萝，只见一片辉煌的淡紫色，像一条瀑布，从空中垂下，不见其发端，也不见其终极，只是深深浅浅的紫，仿佛在流动，在欢笑，在不停地生长。紫色的大条幅上，泛着点点银光，就像迸溅的水花。仔细看时，才知那是每一朵紫花中最浅淡的部分，在和阳光互相挑逗。

这里春红已谢，没有赏花的人群，也没有蜂围蝶阵。有的就是这一树闪光的、盛开的藤萝。花朵儿一串挨着一串，一朵接着一朵，彼此推着挤着，好不活泼热闹！

"我在开花！"它们在笑。

"我在开花！"它们嚷嚷。

每一穗花都是上面的盛开、下面的待放。颜色便上浅下深，好像那紫色沉淀下来了，沉淀在最嫩最小的花苞里。每一朵盛开的花像是一个张满了的小小的帆，帆下带着尖底的舱。船舱鼓鼓的，又像一个忍俊不禁的笑容，就要绽开似的。那里装的是什么仙露琼浆？我凑上去，想摘一朵。

但是我没有摘。我没有摘花的习惯。我只是伫立凝望，觉得这一条紫藤萝瀑布不只在我眼前，也在我心上缓缓流过。流着流着，它带走了这些时一直压在我心上的关于生死的疑惑，关于疾病的痛楚。我浸在这繁密的花朵的光辉中，别的一切暂时都不存在，有的只是精神上的宁静和生的喜悦。

这里除了光彩，还有淡淡的芳香，香气似乎也是浅紫色的，梦幻一般轻轻地笼罩着我。忽然记起十多年前

烟斗上小人儿的话

家门外也曾有过一大株紫藤萝，它依傍一株枯槐爬得很高，但花朵从来都稀落，东一穗西一串伶仃地挂在树梢，好像在察言观色，试探什么。后来索性连那稀零的花串也没有了。园中别的紫藤萝花架也都拆掉，改种了果树。那时的说法是，花和生活腐化有什么必然关系。我曾遗憾地想：这里再看不见藤萝花了。

过了这么多年，藤萝又开花了，而且开得这样盛，这样密，紫色的瀑布遮住了粗壮的盘虬卧龙般的枝干，不断地流着，流着，流向人的心底。

花和人都会遇到各种各样的不幸，但是生命的长河是无止境的。我抚摸了一下那小小的紫色的花舱，那里满装着生命的酒浆，它张满了帆，在这闪光的花的河流上航行。它是万花中的一朵，也正是由每一个一朵，组成了万花灿烂的流动的瀑布。

在这浅紫色的光辉和浅紫色的芳香中，我不觉加快了脚步。

1982 年 5 月 6 日

好一朵木槿花

又是一年秋来，洁白的玉簪花挟着凉意，先透出冰雪的消息。美人蕉也在这时开放了。红的黄的花，耸立在阔大的绿叶上，一点不在乎秋的肃杀。以前我有"美人蕉不美"的说法，现在很想收回。接下来该是紫薇和木槿。在我家这以草为主的小园中，它们是外来户。偶然得来的枝条，偶然插入土中，它们就偶然地生长起来。紫薇似娇气些，始终未见花。木槿则已两度花发了。

木槿以前给我的印象是平庸。"文革"中许多花木

烟斗上小人儿的话

惨遭摧残,它却得全性命,据说原因是它的花可食用,大概总比草根树皮好些吧。学生浴室边的路上,两行树挺立着,花开有紫、红、白等色,我从未仔细看过。

近两年木槿在这小园中两度开花,不同凡响。

前年秋天,我家刚从死别的悲痛气氛中缓过气来不久,又面临了少年人的生之困惑。我们不知道下一分钟会发生什么事,陷入极端惶恐中。我在坐立不安时,只好到草园踱步。那时园中荒草没膝,除我们的基本队伍亲爱的玉簪花外,只有两树忍冬,结了小红果子,玛瑙扣子似的,一簇簇挂着。我没有指望还能看见别的什么颜色。

忽然在绿草间,闪出一点紫色,亮亮的,轻轻的,在眼前转了几转。我忙拨开草丛走过去,见一朵紫色的花缀在不高的绿枝上。

这是木槿。木槿开花了,而且是紫色的。

木槿花的三种颜色,以紫色最好。那红色极不正,好像颜料没有调好;白色的花,有老伙伴玉簪已经够了。最愿见到的是紫色的,好和早春的二月兰、初夏的藤萝相呼应，让紫色的幻想充满在小园中，让风吹走悲伤，让梦留着。

惊喜之余，我小心地除去它周围的杂草，整出一个浅坑，浇上水。水很快渗下去了。一阵风过，草面漾出绿色的波浪，薄如蝉翼的娇嫩的紫花在一片绿波中歪着头，带点调皮，却丝毫不知道自己显得很奇特。

去年，月圆过四五次后，几次洗劫的小园又一次遭受磨难。园旁小兴土木，盖一座大有用途的小楼。泥土、砖块、钢筋、木条都堆在园里，像是零乱地长出一座座小山，把植物全压在底下。我已习惯了这类景象，知道毁去了以后，总会有新的开始，尽管等的时间会很长。

没想到秋来时，一次走在这崎岖山路上，忽见土山一侧，透过砖块钢筋伸出几条绿枝，绿枝上，一朵紫色的花正在颤颤地开放！

我的心也震颤起来，一种悲壮的感觉攫住了我。土埋大半截了，还开花！

土埋大半截了，还开花！

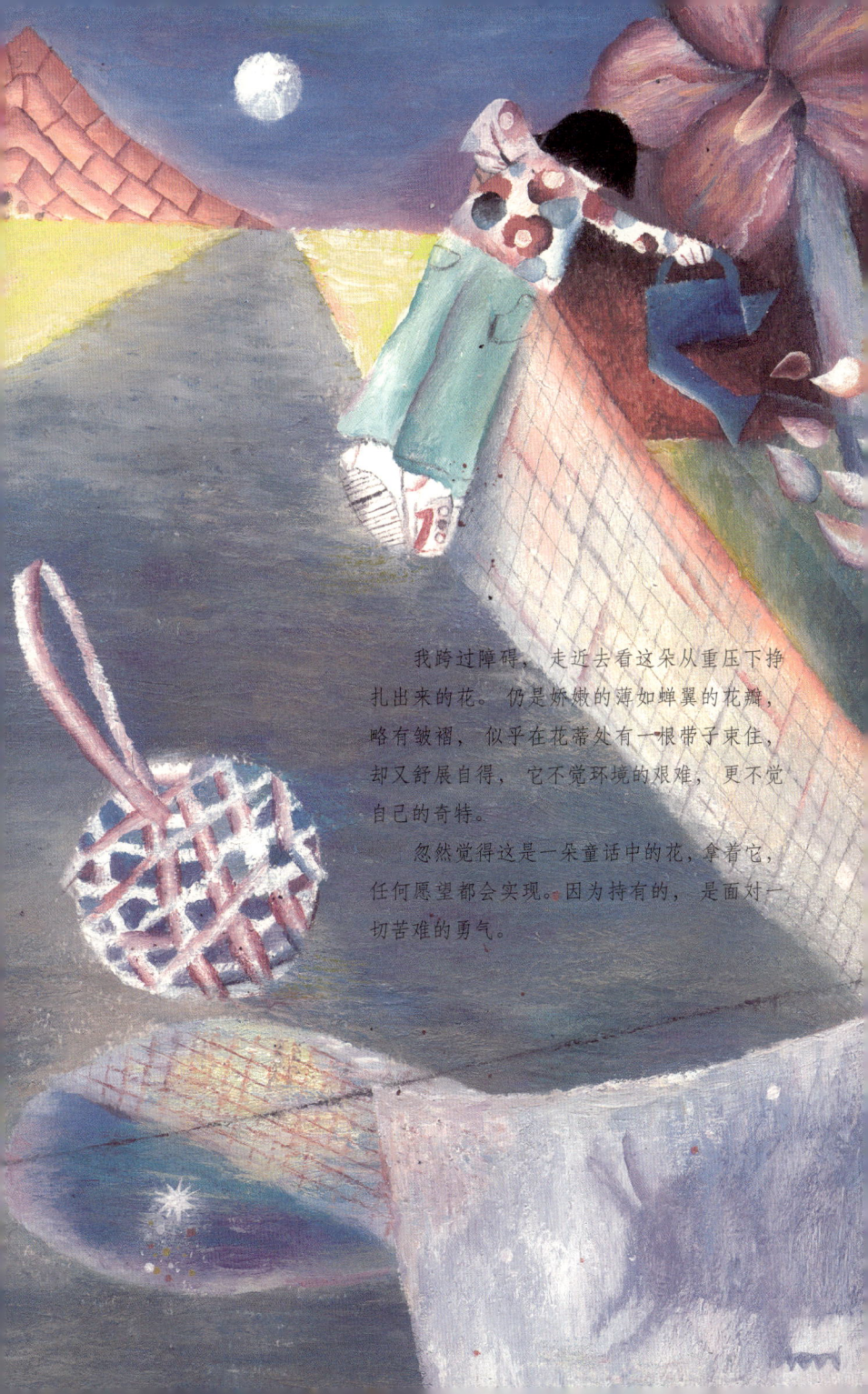

我跨过障碍，走近去看这朵从重压下挣扎出来的花。仍是娇嫩的薄如蝉翼的花瓣，略有皱褶，似乎在花蒂处有一根带子束住，却又舒展自得，它不觉环境的艰难，更不觉自己的奇特。

忽然觉得这是一朵童话中的花，拿着它，任何愿望都会实现。因为持有的，是面对一切苦难的勇气。

天边有云层围护着。渐渐地，东方红了，由浅到深，红得很朴素。似乎云层后面正在燃烧，却看不出那中心在哪里，我们凝望天边，不敢眨一眨眼睛。忽然有一条鱼从水上跳出，接着又是一条。似乎也在盼着太阳。

烟斗上小人儿的话

我跨过障碍，走近去看这朵从重压下挣扎出来的花。仍是娇嫩的薄如蝉翼的花瓣，略有皱褶，似乎在花蒂处有一根带子束住，却又舒展自得，它不觉环境的艰难，更不觉自己的奇特。

忽然觉得这是一朵童话中的花，拿着它，任何愿望都会实现。因为持有的，是面对一切苦难的勇气。

紫色的流光抛撒开来，笼罩了凌乱的工地。那朵花冉冉升起，倚着明亮的紫霞，微笑地俯看着我。

今年果然又有一个开始。小园经过整治，不再以草为主，所以有了对美人蕉的新认识。那株木槿高了许多，枝繁叶茂，但是重阳已届，仍不见花。

我常在它身旁徘徊，期待着震撼了我的那朵花。

它不再来。

即使再有花开，也不是去年的那一朵了。也许需要纪念碑，纪念那逝去了的，昔日的悲壮？

1988 年　重阳

养马岛日出

到海边了,便总惦记着看日出。

最初几日阴雨,天空为云霾锁住,只见海天茫茫,是深深浅浅的灰色。不见太阳,也不辨东西南北。

一天清晨到得阳台上,忽见一侧天边和海面每闪着红光,空中云层后面,有个大红球,那是一轮红日,已经升得很高了。没有多久,便不能逼视。

阳台上看日出,毕竟局促。在告别养马岛的这天,特意到海边去等候。

微弱的晨曦中,树木似醒非醒,海是凝重的灰蓝。

烟斗上小人儿的话

昨天还是海面的地方，现在露出高高低低的礁石，线条还不十分清晰。一个小小的人影正在那块伸入海中的大礁石上移动着，他是想上得高些，看得远些。那是我们力所不及的。我们只能循着岸边小路选择了一处开阔的地方，等候那伟大的时刻。

天边有云层围护着。渐渐地，东方红了，由浅到深，红得很朴素。似乎云层后面正在燃烧，却看不出那中心在哪里，我们凝望天边，不敢眨一眨眼睛。忽然有一条鱼从水上跳出，接着又是一条。似乎也在盼着太阳。

"快看！快看！"我们彼此叫着，只见云层后面陡然出现一个小红球。那是太阳！那是燃烧的中心。太阳在云霞围绕中跳出了海面！云霞红得耀眼，一条光闪闪的红柱从水面拖过来，每一道水波都发着红光。

这一带几个海岛上都有三官庙，渔民们奉祀天、地和水。我和他们一样，觉得一切是这样神圣。我心中充满感激，感激天有日月、地有泥土。感激太阳辛勤地出没、大海不息地涨落。希腊神话中的日神阿波罗每天驱赶着金色的马车向天上驶去时,是否想到地上水中的生灵在顶礼膜拜?

太阳不停地上升,愈来愈大,水面红柱愈来愈宽而长。终于成为一片落进海水的灿烂的彩色。太阳的红反而淡下来,变成白亮的强光,使我们转过头去。

太阳出来了,新的一天开始了。

太阳是我们的。

1994 年 7 月 21 日

那青草覆盖的地方

　　那青草覆盖的地方，藏着一段历史和我一生中最美好的记忆。

　　清华园内工字厅西南，有一座小树林。幼时觉得树高草密。一条小径弯曲通过，很是深幽，是捉迷藏的好地方。树林的西南有三座房屋，当时称为甲、乙、丙三所。甲所是校长住宅。最靠近树林的是乙所。乙所东、北两面都是树林，南面与甲所相邻，西边有一条小溪，溪水潺潺，流往工字厅后的荷花池。我们曾把折好的纸船涂上蜡，放进小溪，再跑到荷花池等候，但从没有一只船到达。

先父冯友兰先生作为哲学家、哲学史家已经载入史册。他自撰的茔联"三史释今古，六书纪贞元"，概括了自己的学术成就。他一生都在学校工作，从未离开教师的岗位，他对中国教育事业的贡献是和清华分不开的，是和清华的成长分不开的。这是历史。

一九二八年十月，他到清华工作，找到了"安身立命之地"。先在南院十七号居住，一九三〇年四月迁到乙所。从此，我便在树林与溪水之间成长。抗战时，全家随学校去南方，复员后回来仍住在这里。我从成志小学、西南联大附中到清华大学，已不觉是树林有多么高大，溪水也逐渐干涸，这里已不再是儿时的快乐天地，而有着更丰富的内容。一九五二年院系调整，父亲离开了清华，以后不知什么时候，乙所被拆掉了，只剩下这一片青草覆盖的地方。

清华取消了文科，不只是清华，也是整个教育界、学术界的重大损失。同学们现在谈起还是非常痛心。那时清华的人文学科，精英荟萃。也许不必提出什么学派

烟斗上小人儿的话

之说，也许每一位先生都可以自成一家。但长期在一起难免互有熏陶，就会有一些特色。不要说一个学科，就是文、理、法、工各个方面也是互相滋养的。单一的训练只能培养匠气。这一点越来越得到共识。

父亲初到清华就参与了一件大事，那就是清华的归属问题，从隶属外交部改为隶属教育部。他曾作为教授会代表到南京，参加当时的清华董事会，进行力争，经过当时的校长罗家伦和大家的努力，最后清华隶属教育部。我记得以前悬挂在西校门的牌子上就赫然写着"国立清华大学"。了解历史的人走过门前都会有一种自豪感。因为清华大学的成长，是中国近代学术独立自主的发展过程的标志。

在乙所的日子是父亲最有创造性的日子。除教书、著书以外，他一直参与学校领导工作。一九二九年任哲学系主任，从一九三一年起任文学院院长。当时各院院长由教授会选举产生，每两年改选一次。父亲任文学院院长达十八年，直到解放才卸去一切职务。十八年的日子里，父亲为清华文科的建设和发展做出了哪些贡献，现在还少研究。我只是相信学富五车的清华教授们是有眼光的，不会一次又一次地选出一个无作为、不称职的人。

在清华校史中有两次危难时刻。一次是一九三〇年，罗家伦校长离校，校务会议公推冯先生主持校务，直至一九三一年四月，吴南轩奉派到校。又一次是一九四八年底，临近解放，梅贻琦校长南去，校务会议又公推冯先生为校务会议代理主席，主持校务，直到一九四九年五月。世界很大，人们可以以不同的政治眼光看待事物，冯先生后来的日子是无比艰难的，但他在清华所做的一切无愧于历史的发展。

作为一个教育工作者，他爱学生。他认为清华学生是最可宝贵的，应该不受任何政治势力的伤害。他居住的乙所曾使进步学生免遭逮捕。一九三六年，国民党大肆搜捕进步学生，当时的学生领袖黄诚和姚依林躲在冯友兰家，平安度过了搜捕之夜，最近出版的《姚依林传》也记载了此事。据说当时黄诚还作了一首诗，可惜没有流传。临解放时，又有一次逮捕学生，女学生裴

烟斗上小人儿的话

毓荪躲在我家天花板上。记得那一次军警深入内室，还盘问我是什么人。后来为安全计，裴毓荪转移到别处。七十年代中，敏荪学长还写过热情的信来。这样念旧的人，现在不多了。

学者们年事日高，总希望传授所学，父亲也不例外。解放后他的定位是批判对象，怎敢扩大影响，但在内心深处，他有一个感叹，一种悲哀，那就是他说过的八个字："家藏万贯，膝下无儿"，形象地表现了在一个时期内，我们文化的断裂。可以庆幸的是这些年来，三史、六书俱在出版。一位读者写信来，说他明知冯先生已去世，但他读了"贞元六书"，认为作者是不死的，所以信的上款要写作者的名字。

父亲对我们很少训诲，而多在潜移默化。他虽然担负着许多工作，和孩子们的接触不很多，但我们却感到他总在看着我们，关心我们。记得一次和弟弟还有小朋友们一起玩。那时我们常把各种杂志放在地板上铺成一条路，在上面走来走去。不知为什么他们都不理我了，我们可能发出了什么声响。父亲忽然叫我到他的书房去，拿出一本唐诗命我背，那就是我背诵的第一首诗，白居易的《百炼镜》。这些年我一直想写一个故事，题目是《铸镜人之死》。我想，铸镜人也会像铸剑人投身入火一样，为了镜的至极完美，纵身跳入江中（"江心波上舟中制，五月五日日午时"），化为镜的精魂。不过又有多少人了解这铸镜人的精神呢。但这故事大概也会像我的很多想法一样，埋没在脑海中了。

此后，背诗就成了一个习惯。父母分工，父亲管选诗，母亲管背诵，短诗一天一首，《长恨歌》《琵琶行》则分为几段，每天背一段。母亲那时的住房，三面皆窗，称为玻璃房。记得早上上学前，常背着书包，到玻璃房中，站在母亲镜台前，背过了诗才去上学。

乙所中的父亲工作顺利，著述有成。母亲持家有方，孩子们的读书笑语声常在房中飘荡。这是一个温暖幸福的家。这个家还和社会联系着，和时代联系着。不只父亲在复杂动乱的局面前不退避，母亲也不只关心自己的小家。一九三三年，日军侵犯古北口，教授夫人们赶制寒衣，送给抗日将士。一九四八年冬，清华师生

烟斗上小人儿的话

员工组织了护校团,日夜巡逻,母亲用大锅煮粥,给护校的人预备夜餐。一位从联大到清华的学生,许多年后见到我时说:"我喝过你们家的粥,很暖和。"煮粥是小事,不过确实很暖和。

那青草覆盖的地方,虽然现在草也不很绿,我还是感觉到暖意。这暖意是从逝去了而深印在这片土地上的岁月来的,是从父母的根上来的,是从弥漫在水木清华间的一种文化精神的滋养和荫庇来的。我倚杖站在小溪边,惊异于自己的老而且病,以后连记忆也不会有了。这一片青草覆盖的地方,又会变成什么模样?

1999年4月中旬

6月初改定

那祥云缭绕的地方

图书馆，在一座大学里，永远是很重要的，教师在这里钻研学问，学子在这里发奋学习，任何的学术成就都是和图书馆分不开的。

我结识清华图书馆是从襁褓中开始的。我出生两个月，父亲执教清华，全家移居清华园。母亲在园中来去，少不得抱着我，或用儿车推着我。从那时，我便看见了清华图书馆。我想，最初我还不会知道那是什么。渐渐地，能认识那是一座大建筑。在上幼稚园时就知道那是图书馆了。

烟斗上小人儿的话

  图书馆外面的石阶很高,里面的屋顶也很高,一进门便有一种肃穆的气氛。说来惭愧,对于孩子们,它竟是一个好玩的地方。不记得我什么时候第一次走进图书馆。父亲当时在楼下,向南的甬道里有一间朝东的房间,我和弟弟大概是跟着父亲走进来的。那房间很乱,堆满书籍文件,我不清楚那是办公室还是个人研究室,也许是兼而用之。每次去不能多停,我们本应立即出馆,但常做非法逗留,在房间外面玩。给我们的告诫是不准大声说话,于是我们的舌头不活动,腿却自由地活动。我们把朝南和朝西的甬道都走到头,甬道很黑,有些神秘,走在里面像是探险,有时我们去爬楼梯,跑到楼上再跑下来。我们还从楼下的饮水管中,吸满一口水,飞快地跑到楼梯顶往下吐。就听见水落地"啪"的一声,觉得真有趣。我们想笑却不敢笑,这样的活动从来没有被人发现。

  上小学时学会骑车,有时由哥哥带着坐大梁,有时自己骑,当时校中人不多,路上清静,慢慢地骑着车左顾右盼很是惬意。我们从大礼堂东边绕过去,到图书馆前下车，走上台阶，再跑下来，再继续骑，算是过了一座桥。我们仰头再仰头，看这座"桥"和上面的楼顶。楼顶似乎紧接着天上的云彩。云彩大都简单，一两笔白色而已，但却使整个建筑显得丰富。多么高大，多么好看。这印象还留在我心底。

从外面看图书馆有东西两翼，东面的爬墙虎爬得很高，西面的窗外有一排紫荆树，那紫色很好看，可是我不喜欢紫荆，对于看不出花瓣的花朵我们很不以为然。有人说紫荆是清华的校花，如果真是这样，当然要刮目相看。

抗战开始，我们离开清华园，一去八年，对北平的思念其实是对清华园的思念。在清华园中长大的孩子对北平的印象不够丰富，而梦里塞满了树林、小路、荷塘和那一片包括大礼堂、工字厅等处的祥云缭绕的地方。胜利以后，我进入清华外文系学习，在家中虽然有一个小天地，图书馆是少不得要去的，我喜欢那大阅览室。这里是那样安静，每个人都在专心地读书。只有轻微的翻书页的声音。几个大字典架靠墙站着，字典永远是打开的，不时有人翻阅。我总是坐在最里面的一张桌旁。因为出入都要走一段路，就可以让自己多坐一会儿。在那里看了一些参考书，做各种作业。在家里写不出的作文，在图书馆里似乎是被那种气氛感染，很快便写出来，当然也有时在图书馆做功课不顺利，在家中自己的小天地里做得很快。

在这一段日子里，我惊异地发现图书馆变得越来越小，不像儿时印象中那样高大，但它仍是壮丽的，也常有一两笔白色的云依在楼顶。

四年级时，便要做毕业论文，可以进入书库。置身于书库中，真像是置身于一个智慧的海洋，还有那清华图书馆著名的玻璃地板，半透明的。让人觉得像是走在湖水上，也像是走在云彩上。真是祥云缭绕了。我的论文题目是托马斯·哈代的诗，本来我喜欢哈代的小说，后来发现他的诗也是大家，深刻而有感染力，便选了他的诗做论文题目。导师是美国教授温德。在书库里流连徜徉真是乐事，只是在当时火热的革命形势中，不很心安理得，觉得喜欢书库是一种落后的表现。直到以后很多年，经过时间的洗磨，又经过不断改造，我只记得曾以哈代为题做毕业论文，内容却记不起了。有一次，偶然读到卞之琳翻译的哈代的诗，竟惊奇哈代的诗原来这样好。

那时，图书馆里有教室。我选了邓以蛰的美学，便是在图书馆里授课，在哪间房间记不起了。这门课除我之外还有一个男生，邓先生却像有一百个听众似的，每次都做了充分准备，带了许多图片，为我们放幻灯。幻灯片里有许多名画和建筑，我在这里第一次看见蒙娜丽莎，可惜不记得邓先生的讲解了。这门课告诉我们，科学的顶尖是数字，艺术的顶尖是音乐。只是当时没有音响设备，课上没有听音乐。

父亲在图书馆楼下仍有一个房间，我有时去看看，常见隔壁的房门敞开着，哲学系学长唐稚松在里面读书。唐兄先学哲学又学数学，现在在"计算机科学与软件工程"方面有重大成就，享有国际声誉。我们在电话中谈起图书馆，谈起清华，都认为清华教我们自强、严谨，要有创造性，终身不能忘。

烟斗上小人儿的话

　　从清华图书馆里走出来的还有少年闻一多和青年曹禺。闻一多一九一二年入清华学堂，在清华学习的九年中，少不了要在图书馆读书，九年中他在课余写的旧体诗文自编为《古瓦集》。去年经整理后出版，可惜我目力太弱，已不能阅读，只能抚摸那典雅的蓝缎面，让想象飞翔在那一片彩云之上。

　　曹禺的第一部剧作《雷雨》是在清华图书馆里写成的。我想那文科的教育，外国文学的熏陶，那祥云缭绕的书库，无疑会影响着曹禺的成熟和发展。我们不能说清华给了我们一个曹禺，但我们可以说清华有助于万家宝成为曹禺。我想，演员若能扮演曹禺剧中人物，是一种幸运。他的台词几乎不用背，自然就会记得。"太阳出来了，黑暗留在后头，但是太阳不是我们的，我们要睡了"。上中学时，如果有人说一句"太阳出来了"，立刻会有人接上"黑暗留在后头"。"我的中国名字叫张乔治，外国名字叫乔治张"，短短两句话给了多么宽广的表演天地。也许这是外行话，但这是我的感受。

　　从图书馆走出的还有许多在各方面有成就的人，无论成就大小，贡献大小，都是促使社会进步的力量，想来在清华献出了毕生精力的教职员工都会感到安慰。

我已经把哈代忘了许多年。忽然有一天，清华图书馆韦老师告知我，清华图书馆中保存了我的毕业论文，这真是意外之喜。后知馆中还存有五〇、五一级的部分论文。我即分告同班诸友，大家都很高兴。韦老师寄来了我的论文复印件，可翻译为《哈代诗歌中的必然观念》，厚厚的有二十七页。我拿到这一册东西，仿佛看见了五十年前的自己，全部文章是我自己打出来的，记得为打这篇论文，我特地学了英文打字。原来我是想写一本研究哈代的书，这论文不过是第一章。生活里是要不断地忘记许多事，不然会太沉重，忘得太多却也可惜。我在论文的序言中说，希望以后有时间真写出一本研究哈代的专著以完夙愿。这夙愿看来是完不成了。我已告别阅读，无法再读哈代，也无法读自己五十年前写的文字。我想，若是能读，也读不懂了。

今年夏天，目疾稍稳定，去清华参观新安排的"冯友兰文库"，便也到图书馆看看。大阅览室依旧，许多

烟斗上小人儿的话

同学在埋头读书,安静极了。若是五年换一届学生,这里已换过十届了。岁月流逝,一届届学生的黑发变成银丝,但那自强不息的精神永在。

京西小巷槐树街

　　这是一条长不足百米的胡同，两侧皆植槐树，掩映着一个个小宅院。名为槐树街，可谓名副其实。这一带街道，再没有种槐树的，若寻槐树街，认准槐树便是。

　　可能因为短小，人们说到它时，加之以"儿"——槐树街儿，似乎很亲热。树荫后面人家，经过许多变迁了，门前高台阶大都破旧不堪，双扇院门上的对联字迹模糊，很难辨认。有些双扇门已改为房门一样单扇门了，开在胡同里，有点不伦不类。但那门前歪斜的台阶，门上剥落的字迹，以及两行槐树，仍然像北京的数千条胡同一样，给人一种遥远的、宁静的气氛。

这个居民点总称成府，位于北大和清华之间。以前的燕京和清华，现在的北大和清华，都有教职工住在这里。

一个黄昏，我站在槐树街口，目的是看一看槐树街十号。

找到十号。门洞窄小，房子没有格局，直觉地感到不对。一个人出来说，原来的十号改为九号了，请到隔壁。

隔壁有几层台阶，门扇依然完好，若油漆一下，还是很像样的。经过仔细辨认，认清了门上的字，"中心育物，和气生春"。

我不记得这副对联。

进门向右，穿过一个小夹道，眼前豁然开朗，这是一个真正的四合院，正门朝北，垂花门开在西侧，正房对面建有南房。四面房屋都很整齐，木格窗，正房还有雕花。

院中几个人在闲坐，拿着蒲扇。旁边一棵石榴，正开着火红的花朵。正房前搭葡萄架，翠绿的叶子垂下来。多少年不见这样的院子了！

"这是我的出生地，就在这北房里。"寒暄后说明来意。

他们大概是东厢房的住户，很殷勤，却没有邀我进房去参观。只问："走了多少年了？出国了吧？"

其实我出生后两个月，随父母迁到清华。转了几十年，并没有转出北大清华这一带，很觉惭愧，只好含糊应了一句。

"我们是北大的职工，这房子属北大，新十号属清华。"他们介绍，"现在这院子住了八家。"

四面房屋前都搭了小棚屋，还停着一辆平板车，上有玻璃罩，写着"米酒"。

"是第二职业了？"我笑问。他们说是邻居的，当然是业余的。

告辞时主人说欢迎常来。我知道我不会常来。

出了门，见斜对过有彩灯一闪一闪，原来是开了一家冷饮小店。记得邻近的蒋家胡同有一间常三酒馆，当

烟斗上小人儿的话

年是燕京学生们谈心的好地方,专营海淀莲花白,那酒有的粉红,有的青绿。后来酒馆改为门市部,专营全世界到处买得到的东西。走过时张望了一下,心中诧异,怎么没有听说常三酒馆要重新开张。

走过新建的砖房,简直说不出是什么式样。两墙之间有一条极窄小的胡同,仅容一人行走,通过去不知是哪里。墙上挂着崭新的牌子"新胡同",也是名副其实。

一阵清脆的笑声,从新胡同跑出几个女孩子。她们是要跳房子还是跳皮筋?我站住等着。她们不跳什么,笑着跑远了,把笑声留在胡同里。

1993 年 6 月 5 日

酒和方便面

酒，是艺术。酒使人陶陶然，飘飘然，昏昏然而至醉卧不醒，完全进入另一种境界。在那种境界中，人们可以暂时解脱人间各种束缚，自由自在；可以忘却劳碌奔波和做人的各种烦恼。所以善饮者称酒仙，耽溺于饮者称酒鬼。没有称酒人的。酒能使人换到仙和鬼的境界，其伟大可谓至矣。而酒味又是那样美，那样奇妙！许多年来，常念及酒的发明者，真是聪明。

因为酒的好味道，我喜欢，却不善饮。对酒文化，更无研究。那似乎是一门奢侈的学问。只有人问黄与白

我们细品美酒，作上下古今谈，觉得很是浪漫，对自己的浪漫色彩其实比对酒的兴趣大得多。若无那艳丽的酒，则说不上浪漫了。酒助了谈兴，谈话又成为佐酒的佳品。那时的谈话犀利而充满想象，若有录音，现在来听，必然有许多意外之处。

老嬷嬷抱我在桥头站着，指给我看那桥边的小道。"回来啦，回来啦——"她唱着。其实这全不是母亲回来的路。夜未深，天色却黑得浓重，好像蒙着布，让人透不过气。小桥下忽然飞出一盏小灯，把黑夜挑开一道缝。接着又飞出一盏，又飞出一盏。花草亮了，溪水闪了。黑夜活跃起来，多好玩啊！我大声叫了："灯！飞的灯！"

烟斗上小人儿的话

孰胜时，能回答喜欢黄的，而不误会谈论的是金银。黄酒需热饮，特具一种东方风格。以前市上有即墨老酒，带点烟尘味儿，很不错。现有的封缸、沉缸，也不错。只是我不能多喝。有人说我可能生来具有那根"别肠"，后因多次手术割断了。

就算存在那"别肠"，饮酒的机会也不多。有几次印象很深，但饮的都不是黄酒。

云南开远杂果酒，色殷红，味香甜。童年在昆明，常在中午大人午睡时，和兄、弟一起偷饮这种酒，蜜水一般，好喝极了。却不料它有后劲，过一会儿便头痛。宁肯头痛，还是偷喝。头痛时三人都去找母亲。母亲发现头痛原因，便将酒瓶藏过了。那时我和弟弟住一房间，窗与哥哥的窗成直角。哥哥在两窗间挂了两根绳子，可拉动一小篮，装上纸条，便成土电话。消息经过土电话而来，格外有趣。三人有话当面不说，偏忍笑回房写纸条。纸条上有各种议论，还有附庸风雅的饮酒诗。如今兄、弟一生离一死别。哥哥远在异域，倒是不时打越洋电话来，声音比本市还清楚。

海淀莲花白,有粉红淡绿两种颜色,味极醇远。在清华读书时,曾和要好的同学在校园中夜饮。酒从燕京东门外常三小馆买来。两人坐在生物馆高台阶上,望着馆前茂盛的灌木丛,丛中流过一条发亮的小溪。不远处是气象台,那时似乎很高。再往西就是圆明园了。莲花白的味道比杂果酒高明多了。我们细品美酒,作上下古今谈,觉得很是浪漫,对自己的浪漫色彩其实比对酒的兴趣大得多。若无那艳丽的酒,则说不上浪漫了。酒助了谈兴,谈话又成为佐酒的佳品。那时的谈话犀利而充满想象,若有录音,现在来听,必然有许多意外之处。这要好的同学现在是美国问题专家。清华诸友近来大都退化做老妪状,只有她还勇往直前,但也绝不饮酒了。

另一次印象深刻的饮酒经验是在一九五九年,当时我下放农村劳动锻炼。一年期满回京时,公社饯行,喝的,是高粱酒,白的,清水一般,度数却高。到农村确实增长了见识,很有益处,但若说长期留下改造,怕是谁也不愿意。那时,"不做一阵子,要做一辈子"农民的壮志尚未时兴。饯行宴肯定我们能回京,使人如释

烟斗上小人儿的话

重负；何况还带有公社赠送的大红锦旗，写着"上游干将，为民造福"，证明了我们改造的成绩。在高兴中，每人又有这一年不尽相同的经历和感受，喝起酒来，味道复杂多了。

公社干部豪爽热情，轮番敬酒。一般送行的题目喝过，便搬出至高无上的题目来。"为毛主席干杯！"大家都奋勇喝下。我则从开始就把酒吐在手绢上，已经换过若干条，难乎为继了。到为这题目干过几次杯后，只好逃席。逃到住房，紧跟着追来一批人，举杯高呼"为毛主席健康"。话音未落，我忍不住哇的一声呕吐起来。幸好那时距"文革"尚远，没有人上纲，不然恐怕北京也不得回了。

我们的队伍中醉倒几条好汉，躺在炕上沉沉睡去。公社书记关心地来视察，张罗做醒酒汤。那次饮酒颇有真刀真枪之感，现在想来犹觉豪迈。

酒是有不同喝法的。

据说一位词人有句云："到明朝重携残酒，来寻陌上花钿。"君主见了一笑，说，何必携残酒？提笔改为

41

"到明朝重扶残醉，来寻陌上花钿"。果然清灵多了。这是因为皇帝不在乎残酒，那词人就显出知识分子的寒酸气了。

寒酸的知识分子，免不了操持柴米油盐。先勿论酒且说吃饭，这真是大题目。有时开不出饭来对付一家老小，便搬出方便面。所以我到处歌颂方便面，认为其发明者的大智慧不下于酒的发明者。后来知道方便面主乃一日籍之华人，已得过日本饮食业的大奖，颇觉安慰。

到我的工作单位去上班时，午餐便是一包方便面。几个人围坐进食，我总要称赞方便面不只方便，而且好吃。"我就爱吃方便面。"我边吃边说。

"那是因为你不常吃。"一位同事笑笑，不客气地说。

我愕然。

此文若在一九八七年底交卷，到这里会得出结论云，人需要方便面，酒则可有可无。再告一番煞风景罪，便可结束了。但拖延至今，便有他望。

一九八八年开始，我们吃了约十天的方便面，才知

烟斗上小人儿的话

道无论什锦大虾何等名目的佐料，放入面中，其效果都差不多。"因为你不常吃"的话很有道理。常吃的结果是，所需量日渐减少。无怪嫦娥耐不住乌鸦炸酱面，奔往月宫去饮桂花酒了。

人生需要方便面充饥，也需要酒的欣赏。

什么时候，我要好好饮一次黄酒。

1988 年 1 月

萤　火

　　点点银白的、灵动的光,在草丛中飘浮。草丛中有各色的野花:黄的野菊,浅紫的二月兰,淡蓝的"毋忘我"。还有一种高茎的白花,每一朵都由许多极小的花朵组成,简直看不清花瓣。它的名字恰和"毋忘我"相反,据说是叫做"不要记得我",或可译作"毋念我"罢。在迷茫的夜中,一切彩色都失去了,有的只是黑黝黝一片。亮光飘忽地穿来穿去,一个亮点儿熄灭了,又有一个飞了过来。

　　若在淡淡的月光下,草丛中就会闪出一道明净的

烟斗上小人儿的话

溪水,潺潺地、不慌不忙地流着。溪上有两块石板搭成的极古拙的小桥,小桥流水不远处的人家,便是我儿时的居处了。记得萤火虫很少飞近我们的家,只在溪上草间,把亮点儿投向反射出微光的水,水中便也闪动着小小的亮点,牵动着两岸草莽的倒影。现在看到童话片中要开始幻景时闪动的光芒,总会想起那条溪水,那片草丛,那散发着夏夜的芳香,飞翔着萤火虫的一小块地方。

幼小的我,经常在那一带玩耍。小桥那边,有一个土坡,也算是山罢。小路上了山,不见了。晚间站在溪畔,总觉得山那边是极遥远的地方,隐约在树丛中的女生宿舍楼,也是虚无缥缈的。其实白天常和游伴跑过去玩,大学生们有时拉住我们的手,说:"你这黑眼睛的女孩子!你的眼睛好黑啊。"

大概是两三岁时,一天母亲进城去了,天黑了许久,还不回来。我不耐烦,哭个不停。老嬷嬷抱我在桥头站着,指给我看那桥边的小道。"回来啦,回来啦——"她唱着。其实这全不是母亲回来的路。夜未深，天色却黑得浓重，好像蒙着布，让人透不过气。小桥下忽然飞出一盏小灯，把黑夜挑开一道缝。接着又飞出一盏，又飞出一盏。花草亮了，溪水闪了。黑夜活跃起来，多好玩啊！我大声叫了："灯！飞的灯！"回头看家里，已经到处亮着灯了，而且一片声在叫我。我挣下地来，向灯火通明的家跑去，却又屡次回头，看那使黑夜发光的飞灯。

照说幼儿时期的事，我不该记得。也许我记得的，其实是后来母亲的叙述，或自己更人事后的心境罢。但那一晚我在桥头的景象，总是反复地、清晰地出现在我眼前，那黑夜，那划破了黑夜的萤火，以及后来的灯光——

长大了，又回到这所房屋时，我在自己的房间里便可以看到起伏明灭的萤火了。我的窗正对着那小溪。溪水比以前窄了，草丛比以前矮了，只有萤火，那银白的，有时是浅绿色的光，还是依旧。有时抛书独坐，在黑暗中看着那些飞舞的亮点，那么活泼，那么充满了灵气，不禁想到《仲夏夜之梦》里那些吵闹的小仙子；又

烟斗上小人儿的话

不禁奇怪这发光的虫怎么未能在《聊斋志异》里占一席重要的地位。它们引起多么远、多么奇的想象。那一片萤光后的小山那边,像是有什么仙境在等待着我。但是我最多只是走出房来,在溪边徘徊片刻,看看墨色涂染的天、树,看看闪烁的溪水和萤火。仙境么,最好是留在想象和期待中的。

日子一天天热闹起来。解放,毕业,几乎每个人都觉得自己在发光。我们是解放后第三届大学生。毕业前夕,一个星光灿烂的夜晚,和几个好友,曾久久地坐在这溪边山坡上,望着星光和萤光。我们看准一棵树,又看准一只萤,看它是否能飞到那棵树,来卜自己的未来。几乎每一只萤都能飞到目的地,因为没有飞到的就不算数。那时,我们的表格里无一不填着"坚决服从分配,到祖国最需要的地方去",无论分到哪里,我们都会怀着对美好未来的向往扑过去的。星空中忽然闪了一下,是一颗流星划过了天空。据说流星闪亮时,心中闪过的希望是会如愿的。但我们谁也没有再想要什么。有了祖国,不就有了一切么?我觉得重任在肩,而且相信

47

任何重任我都担得起。难道还有比这种信心更使人兴奋、欢喜，使人感到无可比拟的幸福么？虽然我知道自己很小，小得像萤火虫那样。萤却是会发光的，使得就连黑夜也璀璨美丽，使得就连黑夜也充满了幻想——

奇怪的是，自从离开清华园，再也不曾见到萤火虫。可能因为再也没有住在水边了。后来从书上知道，隋炀帝在江都一带经营过"萤苑"，征集"萤火数斛"，为夜晚游山之用。这皇帝连萤都不放过，都要征来服役，人民的苦难，更可想见了。但那"萤苑"风光，一定是好看的。因为那种活泼的光，每一点都呈现着生命的力量。以后无意中又得知萤能捕食害虫，于农作物有益，不觉十分高兴。便想，何不在公园中布置个"萤苑"，为夏夜增光，让曾被皇帝拘来当劳工的萤，有机会为人民服务呢。但在那十年浩劫中，连公园都几乎查封，那"萤苑"的构思，早也逃之夭夭了。

前几天，偶得机缘，和弟弟这个从小的同学往清华走了一遭。图书馆看去一次比一次小，早不是小时心目中的巍峨了。那肃穆的、勤奋的读书气氛依然，书库中

烟斗上小人儿的话

的玻璃地板也还在；底层的报刊阅览室也还是许多人站着看报。弟弟说他常做一个同样的梦——到这里来借报纸。底层增加了检索图书用的计算机，弟弟兴致勃勃地和机上人员攀谈，也许他以后的梦，要改变途径了。我的萤火虫却在梦中也从未出现。行向小河那边时，因为在白天，本不指望看见萤火，但以为草坡上的"毋忘我"和"毋念我"总会显出了颜色。不料看见的，是一条干涸的沟，两岸干黄的土坡，春雨轻轻地飘洒，还没有一点绿意。那明净的、潺潺地不慌不忙流着的溪水，已不知何时流往何处了。我们旧日的家添盖了房屋，现在是幼儿园了。虽是假日，还有不少孩子，一个个转动着点漆般的眼睛看着我们。"你们这些黑眼睛的孩子！好黑的眼睛啊。"我不由得想。

　　事物总是在变迁，中心总要转移的。现在清华主楼的堂皇远非工字厅可比了。而那近代物理实验室中的元素光谱，使人感到科学的光辉，也是萤火虫们望尘莫及的。我们骑着车，淋着雨，高兴地到处留下校友的签名。从一十年代到七十年代排过来的长桌前，那如同戴着雪帽般的白头发，那敦实可靠的中年的肩膀，那发亮的、润泽的皮肤和眼睛，俨然画出了人生的旅程。我以为，在这条漫长而又短促的道路上，那淡蓝色和纯白的花朵，"毋忘我"和"毋念我"，是必不可少的。因为人世间，有许多事应该永远记得，又有许多事是早该忘却了。

但总要尽力地发光，尤其在困境中。草丛中飘浮的、灵动的、活泼的萤火，常在我心头闪亮。

1980 年 6 月

柳　信

今年的春，来得特别踌躇、迟疑，乍暖还寒，翻来覆去，仿佛总下不定决心。但是路边的杨柳，不知不觉间已绿了起来，绿得这样浅，这样轻，远望去迷迷蒙蒙，像是一片轻盈的、明亮的雾。我窗前的一株垂柳，也不知不觉在枝条上缀满新芽，泛出轻浅的绿，随着冷风，自如地拂动。这园中原有许多花木，这些年也和人一样，经历了各种斧钺虫豸之灾，只剩下一园黄土、几株俗称瓜子碴的树。还有这棵杨柳，年复一年，只管自己绿着。

少年时候，每到春天，见杨柳枝头一夜间染上了新绿，总是兴高采烈，觉得欢喜极了，轻快极了，好像那生命的颜色也染透了心头。曾在中学作文里写过这样几句：

嫩绿的春天又来了
看那陌头的杨柳色
世界上的生命都聚集在那儿了
不是么？
那年青的眼睛般的鲜亮呵——

老师在这最后一句旁边打了密密的圈。我便想，应该圈点的，不是这段文字，而是那碧玉妆成、绿丝绦般的杨柳。

于是许多年来，便想写一篇《杨柳辩》。因为人们历来并不认为杨柳是该圈点的，总是以松柏喻坚贞，以蒲柳比轻贱。现在呢，"辩"的锐气已消，尚幸并未全然麻木，还能感觉到那柳枝透露的春消息。

抗战期间在南方，为躲避空袭，我们住在郊外一个

烟斗上小人儿的话

庙里。这庙坐落在村庄附近的小山顶上,山上蓊蓊郁郁,长满了各样的树木。一条歪斜的、可容下一辆马车的石板路,从山脚蜿蜒而上。路边满是木香花,春来结成两道霜雪覆盖的花墙。花墙上飘着垂柳,绿白相映,绿的格外鲜嫩,白的格外皎洁。柳丝拂动,花儿也随着有节奏地摇头。

庙的右侧,有一个小山坡,草很深,杂生着野花,最多的是野杜鹃,在绿色的底子上形成红白的花纹。坡下有一条深沟,沟上横生着一株柳树,据说是雷击倒的。虽然倒着,还是每年发芽。靠山坡的一头有一个斜生的枝杈,总是长满长长的柳丝,一年有大半年绿莹莹的,好像一把撑开的绿伞。我和弟弟经常在这柳桥上跑来跑去,采野花,捉迷藏,不用树和灌木,只是草,已足够把我们藏起来了。

一个残冬,我家的小花猫死了。昆明的猫很娇贵,养大是不容易的。那是我第一次看到什么是死。它躺着,闭着眼。我和弟弟用猪肝拌了饭,放在它嘴边,它仍一动也不动。"它死了。"母亲说,"埋了吧。"我们呆呆地看着那显得格外瘦小的猫,弟弟呜呜地哭了。我心里像堵上了什么,看了半天,还不离开。

"埋了吧,以后再买一只。"母亲安慰地说。

我作了一篇祭文,记得有"呜呼小花"一类的话,放在小猫身上。我们抬着盒子,来到山坡。我一眼便看中那柳伞下的地方,虽然当时只有枯枝。我们掘了浅浅的坑,埋葬了小猫。冷风在树木间吹动,我们那时都穿得十分单薄,不足以御寒的。我拉着弟弟的手,呆呆地站着,好像再也提不起玩的兴致了。

忽然间,那晃动的枯枝上透出一点青绿色,照亮了我们的眼睛,那枝头竟然有一点嫩芽了,多鲜多亮啊!我猛然觉得心头轻松好多。杨柳绿了,杨柳绿了,我轻轻地反复在心里念诵着。那时我的词汇里还没有"生命"这些字眼,但觉得自己又有了精神,一切都又有了希望似的。

时光流去了近四十年,我已经历了好多次的死别,到一九七七年,连我的母亲也撒手别去了。我们家里,最不能想象的就是没有我们的母亲了。母亲病重时,父

烟斗上小人儿的话

亲说过一句话："没有你娘，这房子太空。"这房子里怎能没有母亲料理家务来去的身影，怎能没有母亲照顾每一个人、关怀每一个人的呵斥和提醒，那充满乡土风味的话音呢！然而母亲毕竟去了，抛下了年迈的父亲。母亲在病榻上时，用力抓着我的手说过，她放心，因为她的儿女是好的。

我是尽量想做到让母亲放心的。我忙着料理许多事，甚至没有好好哭一场。

两个多月过去，时届深秋。园中衰草凄迷，落叶堆积。我从外面回来，走进藏在衰草落叶中的小径——这小径，我曾在深夜里走过多少次啊。请医生，灌氧气，到医院送汤送药，但终于抵挡不住人生大限的到来。我茫然地打量着这园子，这时，侄儿迎上来说，家里的大猫——狮子死了，是让人用鸟枪打死的，已经埋了。

这是母亲喜欢的猫，是一只雪白的狮子猫，眼睛是蓝的，在灯下闪着红光。这两个月，它天天坐在母亲房门外等，也没等得见母亲出来。我没有问埋在哪里，无非是在这一派清冷荒凉之中罢了。我却格外清楚地知道，再没有母亲来安慰我了，再没有母亲许诺我要的一切了。

深秋将落叶吹得团团转，枯草像是久未梳理的乱发，竖起来又倒下去。我的心直往下沉，往下沉——忽然，我看见几缕绿色在冷风中瑟瑟地抖颤，原来是窗前那株柳树。在冬日的萧索中，柳色有些黯淡，但在一片枯草之间，它是绿着。"这容易生长的、到处都有的、普通的柳树，并不怕冷。"我想着，觉得很安慰，仿佛得到了支持似的。

清明时节，我们将柳枝插在门外，据说可以避邪；又选了两枝，插在母亲骨灰盒旁的花瓶里。柳枝并不想跻身松柏等岁寒之友中，它只是努力尽自己的本分，尽量绿得长一些，就像一个普通正常的母亲、平凡清白的人一样。

柳枝正绿着，衬托着万紫千红。这丝丝垂柳，是会织出大好春光的。

1980 年 4 月

小东城角的井

昆明是我的第二故乡。

抗战八年，居住昆明，十分思念北京，总觉得北京的一草一木都是好的。回到北京后，又十分思念昆明，思念昆明那蓝得无底的天，乡下路旁没有尽头的木香花篱，几百朵红花聚于一树的山茶，搅动着幽香的海一样的腊梅林，还有那萦绕在我少年时代的抑扬顿挫的昆明语调。

人就是这样，那远处的总是好一些。至于那逝去的，不可回复的，更是带有神秘色彩，一辈子都可以反复玩味——如果有时间的话。

一九三八年至一九四六年，我家在昆明市内和近郊迁移过多次。曾有约一年时间，住在小东城角。一个小花园中有两幢小楼，我们和叔父景兰先生一家住在里面一幢，大门边的一幢由房东自己住。园中花木扶疏，颇为清雅，还有一口井。

刚搬过去时，我们几个孩子总爱到井边去，俯在石栏上向下看。那是一面黯淡的镜子，照出我们好奇的高兴的脸儿。那水很满，惹人想去摸一摸。但我们从未去搅动，只是看着。有时大喊一声，井里立刻有微弱的回声，好像井底住着什么精灵。我们便叫："出来出来！"当然什么也没出来。

房东一家和我们不大来往，后来他们家来了一个梳两条细辫子的少女。据说是远房亲戚。她常到井边打水，对我们笑笑，不说话。在大门边遇见几次她问房东太太："咋个整？"不知问的是关于家务还是她自己的事。

"咋个整？"是我们最先学会的几句昆明话之一。我

烟斗上小人儿的话

们也常常要问"咋个整",听人问这话也很觉亲切。

在小东城角住时还有一个重要节目,就是到附近一个图书馆看书,星期日或假日常常去。

似乎是叫作绥靖路图书馆,房间不大,有许多旧小说,读者秩序极好。有一本《兰花梦》给我印象很深,至今能记得其中情节。一户显赫人家有两个女儿,次女出生时家人都盼是个男孩子,不幸是女孩,便假充男儿教养。她冒充男人事事成功,状元得中,高官得做,但不忘自己是个女儿身,不愿在做女人方面有所欠缺,要求丫鬟为自己缠足。后来嫁了一个样样逊她一筹的同僚,被虐至死。书中加了个尾巴,说她返回天上做仙女去了。

一次从图书馆回家,见房东家的那位少女倚在门口,望着路的一端。她对我笑笑,轻轻说了一句:"咋个整?"不知是自问还是问我。我仰头看她,她却又转脸望着路的一端。

次日早饭后,母亲对我们说,不要到井边去玩。我说,井边有栏杆。母亲温和地加重语气说:"不要去了,

59

听见么?"

然而花园很小,我们站在门前,便见房东太太和几个人站在井边,指指点点说什么。

几天不见那少女,后来才知道,她投井死了。

大家都觉得很恐怖。又过了些日子,恐怖的感觉渐渐淡了。我悄悄地到井边看,只见花木依旧,井栏边布满青苔,一片碧绿。大着胆子俯身看井,水仍是很满。我不敢仔细辨认自己的脸,看了一眼便跑开。心想跳井似乎是很容易的。

有很长时间,我把那少女和《兰花梦》中人连在一起,虽然她们的身份悬殊。

在记忆的深井里,往事已经模糊。小东城角究竟是否真有过这样一位少女,很难说。也许是因为习惯于想象,把幻想添了进去。

然而那一口井,是确实存在过的。

1988年7月2日

三千里地九霄云

我在记忆之井里挖掘着，想找出半个世纪以前昆明的图像。在那里，我从小女孩长成大姑娘，经历了我们民族在二十世纪中的头一场灾难，在亡国的边缘上挣扎，奋起。原以为一切都不可磨灭，可是竟有些情景想不起来，提笔要写下昆明的重要景色——白云时，心中只有一个抽象的概念：昆明的云很美。

只有概念，没有形象，这让我觉得可怕，仿佛眼前是个无底的黑洞，把所有的图像都吸进去了。

我记得那蓝天，蓝得透明，蓝得无比。我在《东藏记》开头写着:"昆明的天,非常非常的蓝。只要有一小块这样的颜色,就会令人惊叹不已了。而天空是无边际的,好像九天之外,也是这样蓝着。蓝得丰富,蓝得慷慨,蓝得澄澈而光亮,蓝得让人每抬头看一眼,都要惊一下,'哦!有这样蓝的天!'"

蓝天上有白云,我记得的。可是云在哪里?我必须回昆明去,去寻找那离奇变幻的白云,免得我心中的蓝天空着。免得我整个的记忆留下缺陷。

于是我去了,乘汽车,乘飞机,倒也简单。一路上想,古人为鲈鱼辞官不做,若是现在,可以回乡享受了鱼宴再出来宦游,岂不两全?然而也就没有那弃官爵如敝屣的佳话了。

飞机沿西线飞,经太原、西安、重庆,到昆明坝。它穿过云层,沿着山盘旋,停在四围青山之间。

飞过了两千多里。若是走路,岂止三千里。为了那虚幻的云。

我站在昆明街角上了。头上蓝天似不如记忆中那样澄澈,似调了一点银灰或乳白。这是工业发展的效果。

烟斗上小人儿的话

天公为迎接我，在这一片不算宽阔的蓝天上缀满了白云。

昆明的云，我久违的朋友！我毫不费力地发现我的朋友与众不同处，他们也发现了我，立刻邀我进入云的世界。这一朵如山峰，层峦叠嶂，厚薄相接处似有溪流落下。那一朵如树丛，老干傍着新枝。这一朵如花苞，花瓣似张未张。那一朵如小船，正待扬帆起航。只一会儿工夫，这些图景穿插变幻，汇成一片，近处如积雪，远处如轻纱，伸展着，为远天拦上一层围幔。

忽然落下雨点儿，紧接着就是一阵急雨。人们站在街旁店铺的廊檐下。一个水果担子在我身旁。

"你家可买梨？宝珠梨。尝尝看。"挑担人标准的昆明话使我有余音绕梁之感。那是乡音！宝珠梨在记忆中甜而多汁，是名产。据说现在已经退化了。人们在培养新品种。我摇摇手，用乡音对答："梨么不要。你家说的话好听呢好听。"挑担人不解地望着我。那是典型的云南人的脸，这张脸在我的记忆之井中激起了许多玲珑的水泡，闪着虹的光亮。

雨停了，挑担人拢好箩筐上的绳索，对我笑笑。"要赶二十里路回家咯。"他向街的一头，十字路口走去，那里从前是城门。

雨后的天空，又是云的世界。我走几步便抬头，不免东歪西倒，受到"不好好走路"的责备。于是便专心走路，回想着白云下的宝珠梨担子，那陌生又熟悉的脸庞和天上的白云。

几天后，朋友们安排我去石林附近的长湖。五十年前，我曾到过那里。当时的长湖藏匿在茂密树林中，踏过曲折的石径，站到湖边时，会觉得如同打了一针镇静剂，一切烦恼不安都骤然离去，只有眼前的绿和绿意中水波的明亮，把人浸透了。我曾把这小小的湖列于西湖太湖之上，因为它不是一般的风景，而是一种心灵的映照。

不料这一次我们驱车往路南尾泽乡，所遇震撼全在长湖之外。再没有坎坷不平的泥路，再没有背上放着木架的小马，有的是上上下下都十分平坦的公路，车子驶过，没有一点颠簸。行到高处，忽见前面豁然开朗，大

烟斗上小人儿的话

片蓝天之上,有白云的图案,如一幅抽象派的画,不写真,不状物,只是一团团,一块块,一层层,卷着滚着,又在邀人进入云的世界。"昆明的云!"我叫起来,真想跳离了车子,扑到天边去!车行急速,转眼掀过了这一幅图画,眼前是无比真实的土地,鲜红色的土地,红土地!

红土地连着绿林,红土地连着蓝天,红土地连着白云!我亲爱的云南的土地!多少年来,我怎么忽略了这神秘的鲜艳的红色呢!在这红土上生长着宝珠梨,滋养着本地和外来的人,回荡着好听的昆明话;在这红土上伸展着蓝天,变幻着白云——

我们走过一个小村庄。村中房舍想必是用红土烧坯建成,屋顶墙壁一派暗红。村前池水也是红的,两三个系蓝布围腰的妇女在池边洗衣服。洗出来的衣服想必也是红的了。

颜色很绚丽,心里却酸苦。红土是酸性土壤,它的孕育是艰难的。

可是我相信,人人都会有一池清水,这是迟早的事。

尾泽小学已是正式的楼房了。院中植着花木。我住过的土坯房不见了。只是那片操场还在。五十年，该有多少农家孩子从这里得到启蒙的知识，打开了灵魂的窗户。而在操场和我一起学过阿细跳月的人们，还有几个能再来？

车直开到长湖边上，我还一再地问："是这里么？这是长湖么？"可见长湖大变样了。似是从一个纯真的少女变成了人情练达的成年人。湖水不再掩藏在树木间，而是坦然地抚摸着开朗的湖岸。岸上有草地，有野炊用的泥灶，俨然一个公园。

我们坐在一个小岗上，良久不语。作为公园，这里还是不同一般的。水面澄清，天空开阔，而且是这样的蓝！

记得《西游记》中有堆云童子布雾郎君这样的角色，常被孙大圣传唤。布雾郎君且不说，这堆云童子无疑是个艺术家。蓝天上的云朵洒得疏密有致。渐渐地，小朵汇成大朵，如堆绵，如积雪，一会儿，绵和雪变化

烟斗上小人儿的话

成一群白羊，一只大狗。狗是在牧羊么？远山上出现一个大玩偶，一只大袖子，还有很长很弯的鼻子，似要到湖里吸水。那狗蹄子正踩在玩偶头上。玩偶不必发愁，狗蹄子很快移开了，愈来愈淡，狗消失了，只剩下群羊。想不到在无意间，得观白衣苍狗，更领悟子美"天上浮云如白衣，斯须改变成苍狗"之叹。

云还在变幻。一座七宝楼台搭起来了，又坍塌了。围湖的山和天相接处，一朵朵云如同很大的氢气球，正在欲升未升。不久化作大片纱缦，似是从山顶生出来的，把天和地连接在一起。而天是蓝的，地是红的，白云前还点缀着绿树。

归途中，一轮丽日当空。快到昆明了，忽然，年轻的朋友叫道："快看！彩云！"

哦！彩云！就在太阳的右下方，一朵椭圆形的彩云！刚看见时是玫瑰红，一会儿变作金色，一会儿又变作很浅的藕荷色。太亮了，我们不得不闭上眼睛。再看时，可能我的不正常的视力作了加工，只见彩云后面透出彩色的光，许多亮点儿成串地从云朵上流下，更让人不能逼视。

"不能看得太久,"我们说,"会折损了福气。"

太阳随着车子的向前而后退,那朵彩云却面对面地向我们头顶飘来,随即消失了。

云南这个名称,据说始于汉代,因彩云出现而得此名。有谁真正看到过彩云?如今有我。

昆明的云!美丽的云!在我的记忆之井中注满了活水。

"三千里地九霄云"。我拟下了一个作文题目。

1994 年 10 月 26 日

距目击彩云已逾两月矣

下 篇

一个夏日，三面窗台上摆着好几个宽口瓶和小水盆，记得种的是慈姑。母亲那时大概不到四十岁，身着银灰色起蓝花的纱衫，坐在房中，鬓发漆黑，肌肤雪白。

记得那时有些先生的家眷还没有来,母亲常在星期六轮流请大家来用点家常饭。照例是炸酱面,有摊鸡蛋皮、炒豌豆尖等菜肴。以后到昆明再没有吃过那样好的豌豆尖了。

花朝节的纪念

农历二月十二日,是百花出世的日子,为花朝节。节后十日,即农历二月二十二日,从一八九四年起,是先母任载坤先生的诞辰。迄今已九十九年。

外祖父任芝铭公是光绪年间举人。早年为同盟会员,奔走革命,晚年倾向于马克思主义。他思想开明,主张女子不缠足,要识字。母亲在民国初年进当时的女子最高学府北京女子师范学校读书。一九一八年毕业。同年,和我的父亲冯友兰先生在开封结婚。

家里有一个旧印章,刻着"叔明归于冯氏"几个字。叔明是母亲的字。以前看着不觉得怎样，父母都去世后，深深感到这印章的意义。它标志着一个家族的繁衍，一代又一代来到世上扮演各种角色，为社会做一点努力，留下了各种不同的色彩的记忆。

在我们家里，母亲是至高无上的守护神。日常生活全是母亲料理。三餐茶饭，四季衣裳，孩子的教养，亲友的联系，需要多少精神！我自幼多病，常在和病魔作斗争，能够不断战胜疾病的主要原因是我有母亲。如果没有母亲，很难想象我会活下来。在昆明时严重贫血，上纪念周站着站着就晕倒。后来索性染上肺结核休学在家。当时的治法是一天吃五个鸡蛋，晒太阳半小时。母亲特地把我的床安排到有阳光的地方，不论多忙，这半小时必在我身边，一分钟不能少。我曾由于各种原因多次发高烧，除延医服药外，母亲费尽精神护理。用小匙喂水，用凉手巾敷在额上。有一次高烧昏迷中，觉得像是在一个狭窄的洞中穿行，挤不过去，我以为自己就要死了，一抓到母亲的手，立刻知道我是在家里，我是平安的。后来我经历名目繁多的手术，人赠雅号"挨千刀

烟斗上小人儿的话

的"。在挨千刀的过程中,也是母亲,一次又一次陪我奔走医院。医院的人总以为是我陪母亲,其实是母亲陪我。我过了四十岁,还是觉得睡在母亲身边最心安。

母亲的爱护,许多细微曲折处是说不完、也无法全捕捉到的。也就是有这些细微曲折才形成一个家。这个家处处都是活的,每一寸墙壁,每一寸窗帘都是活的。小学时曾以"我的家庭"为题作文。我写出这样的警句:"一个家,没有母亲是不行的。母亲是春天,是太阳。至于有没有父亲,不很重要。"作业在开家长会时展览,父亲去看了。回来向母亲描述,对自己的地位似并不在意,以后也并不努力增加自己的重要性,只顾沉浸在他的哲学世界中。

希腊文明是在奴隶制时兴起的,原因是有了奴隶,可以让自由人充分开展精神活动。我常说父亲和母亲的分工有点像古希腊。在父母那时代,先生专心做学问,太太操劳家务,使无后顾之忧,是常见的。不过父母亲特别典型。他们真像一个人分成两半,一半主做学问,一半主理家事,左右合契,毫发无间。应该说,他们完成了上帝的愿望。

母亲对父亲的关心真是无微不至，父亲对母亲的依赖也是到了极点。我们的堂姑父张岱年先生说："冯先生做学问的条件没有人比得上。冯先生一辈子没有买过菜。"细想起来，在昆明乡下时，有一阵子母亲身体不好，父亲带我们去赶过街子，不过次数有限。他的生活基本上是水来湿手，饭来张口。古人形容夫妇和谐用举案齐眉几个字，实际上就是孟光给梁鸿端饭吃，若问"是几时孟光接了梁鸿案"，应该是做好饭以后。

旧时有一副对联："自古庖厨君子远，从来中馈淑人宜。"放在我家正合适。母亲为一家人真操碎了心。在没有什么东西的情况下，变着法子让大家吃好。她向同院的外国邻居的厨师学烤面包，用土豆作引子，土豆发酵后力量很大，能"嘭"的一声，顶开瓶塞，声震屋瓦。在昆明时一次父亲患斑疹伤寒，这是当时西南联大一位校医郑大夫经常诊断出的病，治法是不吃饭，只喝流质，每小时一次，几天后改食半流质。母亲用里脊肉和猪肝做汤，自己擀面条，擀薄切细，下在汤里。有人

烟斗上小人儿的话

见了说，就是吃冯太太做的饭，病也会好。

一九六四年父亲患静脉血栓，在北京医院卧床两个月。母亲每天去送饭，有时从城里我的住处，有时从北大，都总是第一个到。我想要帮忙，却没有母亲的手艺。父亲暮年，常想吃手擀的面，我学做过几次，总不成功，也就不想努力了。

母亲把一切都给了这个家。其实母亲的才能绝不只限于持家。母亲结业于当时的女子最高学府，曾任河南女子师范学校预科算术教员。她有一双外科医生的巧手，还有很高的办事能力。外科医生的工作没有实践过，但从日常生活中，从母亲缝补、修理的功夫可以想见。办事能力倒是有一些发挥。

五十年代初至一九六六年，母亲做居民委员会工作，任北大燕南、燕东、燕农、镜春、朗润、蔚秀、承泽、中关八大园的主任。曾为家庭妇女们办起装订社、缝纫社等。母亲不畏辛劳，经常坐着三轮车来往于八大园间。这是在家庭以外为社会服务，她觉得很神圣，总是全心全意去做。居委会成员常在我家学习。最初贺麟夫人刘自芳、何其芳夫人牟决鸣等都是成员。后来她们迁往城内,又有吴组缃夫人沈淑园等参加。五十年代有一次选举区人民代表,不记得是哪一位曾对我说:"任大姐呼声最高。"这是真正来自居民的声音。

我心中有几幅图像,愈久愈清晰。

一幅在清华园乙所,有一间平台加出的房间,三面皆窗,称为玻璃房。母亲常在其中办事或休息。一个夏日,三面窗台上摆着好几个宽口瓶和小水盆,记得种的是慈姑。母亲那时大概不到四十岁,身着银灰色起蓝花的纱衫,坐在房中,鬓发漆黑,肌肤雪白。常见外国油画有什么什么夫人肖像,总想怎么没有人给母亲画一幅。

另一幅在昆明乡下龙头村。静静的下午,泥屋、白木桌,母亲携我坐在桌前,为我讲解鸡兔同笼四则题。父亲从城里回来,笑说这是一幅乡居课女图。

龙头村旁小河弯处有一个小落差,水的冲力很大。每星期总有一两次,母亲把一家人的衣服装在箩筐里,带着我和小弟到河边去。还有一幅图像便是母亲弯着腰

烟斗上小人儿的话

站在欢快的流水中,费力地洗衣服,还要看着我们不要跑远,不要跌进河里。近来和人说到洗衣的事,一个年轻人问,是给别人洗吗?还没到那一步,我答。后来想,如果真的需要,母亲也不怕。在中国妇女贤淑的性格中,往往有极刚强的一面,能使丈夫不气馁,能使儿女肯学好,能支撑一个家度过最艰难的岁月。孔夫子以为女人难缠,其实儒家人格的最高标准"富贵不能淫,贫贱不能移,威武不能屈",用来形容中国妇女的优秀品质倒很恰当,不过她们是以家庭为中心罢了。

母亲六十二岁时患甲状腺癌,手术后一直很好。从六十年代末患胆结石,经常大发作,疼痛,发烧,最后不得不手术。那一年母亲七十五岁。夜里推进手术室,父亲和我在过厅里等,很久很久,看见手术室甬道那边推出一辆平车,一个护士举着输液瓶,就像一盏灯。我们知道母亲平安,仍能像灯一样给我们全家以光明,以温暖。这便是那第四幅图像了。握住母亲的手时,我的一颗心落在腔子里,觉得自己很有福气。

母亲虽然身体不好,仍是操劳家务,真没有过一天清闲的日子。她总是说，你们专心做你们的事。我们能专心做事，都因为有母亲，操劳一生的母亲！

一九七七年九月十日左右母亲忽然吐血，拍片后确诊为肺门静脉瘤。当时小弟在家，我们商量说，母亲虽然年迈，病还是该怎么治就怎么治，不可延误。在奔走医院的过程中，受到许多白眼。一家医院住院部一位女士说："都八十三岁了，还治什么！我还活不到这岁数呢。"可以说，母亲的病没有得到治疗，发展很快。最后在校医院用杜冷丁控制疼痛，人常在昏迷状态。一次忽然说："要挤水！要挤水！"我俯身问什么要挤水，母亲睁眼看我，费力地说，"白菜做馅要挤水。"我的眼泪一下涌了出来，滴在母亲脸上。

母亲没有让人多伺候，不过三周便抛弃了我们。当时父亲还在受审查，她走时很不放心，非常想看个究竟，但她拗不过生死大限。她曾自我排解说，知道儿女是好的，还有什么别的可求呢。十月三日上午六时三刻，我们围在母亲床前，眼见她永远阖上了眼睛。我知道，我再不能睡在母亲身边讨得那样深的平安感了；我

烟斗上小人儿的话

们的家从此再没有春天和太阳了。我们的家像一叶孤舟忽然失了掌舵的人,在茫茫大海中任意漂流。我和小弟连同父亲,都像孤儿一样不知漂向何方。

因为政治形势,亲友都很少来往。没有足够的人抬母亲下楼,幸亏那天来了一位年轻的朋友,才把母亲抬到太平间。当晚哥哥自美国飞回,到家后没有坐下,立刻要"看娘去",我不得不告诉他母亲已去。他跌坐在椅上,停上半晌,站起来还是说"看娘去"。

父亲为母亲撰写了一副挽联:"忆昔相追随,同荣辱,共安危,期颐望齐眉,黄泉碧落君先去;从今无牵挂,斩名缰,破利锁,俯仰无愧怍,海阔天空我自飞。"自己一半的消失使父亲把一切都看透了。以后母亲的骨灰盒,一直放在父亲卧室里。每年春节,父亲必率领我们上香。如此凡十三年。直到一九九〇年初冬那凄惨的日子父母相聚于地下。又过了一年,一九九一年冬我奉双亲归窆于北京万安公墓。一块大石头作为石碑,隔开了阴阳两界。

我曾想为母亲百岁冥寿开一个小小的纪念会，又想到老太太们行动不便最好少打扰，便只就平常的了解或电话上交谈，记下几句话。

姨母任均是母亲最小的妹妹。姨父母在驻外使馆工作时，表弟妹们读住宿小学，周末假日接回我家，由母亲照管。姨母说，三姐不只是你们一家的守护神，也是大家的贴心人。若没有三姐，那几年我真不知怎么过。亲戚们谁没有得过她关心照料？人人都让她费过心血。我们心里是明白的。

牟决鸣先生已很久不见了。前些时打电话来，说："回想起在北大居住的那段日子，觉得很有意思。任大姐那时是活跃人物，她做事非常认真，总是全力以赴。而且头脑总是很清楚。"

在昆明时赵萝蕤先生和我家几次为邻居。那时她还很年轻，她不止一次对我说很想念冯太太。她说在人际关系的战场上，她总是一败涂地当俘虏。可是和冯太太相处，从未感到战场问题。是母亲教她做面食，是母亲教她用布条打纽扣结。有什么事可以向母亲倾诉。记得

烟斗上小人儿的话

在昆明乡下龙头村时,有一次赵先生来我家,情绪不大好,对母亲说,一位军官太太要学英语,又笨又俗又无礼,总问金刚钻几克拉怎么说,她不想教,来躲一躲。母亲安慰她,让她一起做家务事。赵先生走时,已很愉快。

另一位几十年的邻居是王力夫人夏蔚霞。现在我们仍然对门而居。夏先生说:"你千万别忘记写上我的话。我的头生儿子缉志是你母亲接生的。当时昆明乡下缺医少药,那天王先生进城上课去了。半夜时分我遣人去请你母亲。冯先生一起来的,然后先回去了。你母亲留下照顾我,抱着我坐了一夜。次日缉志才出世。若没有你母亲,我和孩子会吃许多苦!"

像春天给予百花诞辰一样,母亲用心血哺育着,接引着——

亲爱的母亲的诞辰,是花朝节后十日。

1993 年 5 月

梦回蒙自

对我的父亲——冯友兰先生来说,蒙自是一个有特殊意义的地方。

一九三八年春,北大、清华、南开三校从暂驻足的衡山湘水,迁到昆明,成立了西南联合大学。因为昆明没有足够的校舍,文、法学院移到蒙自,停留自四至八月。我们住在桂林街王维玉宅。那是一个有内外天井、楼上楼下的云南民宅。一对年轻夫妇住楼上,他们是陈梦家和赵萝蕤。我们住楼下。在楼下的一间小房间里,父亲修订完毕《新理学》,交小印刷店石印成书。

烟斗上小人儿的话

《新理学》是哲学家冯友兰哲学体系的奠基之作。初稿在南岳写成。自序云:"稿成之后,即离南岳赴滇,到蒙自后,又加写鬼神一章,第四章第七章亦大修改,其余各章字句亦有修正。值战时,深恐稿或散失。故于正式印行前,先在蒙自石印若干部,分送同好。"此即为最初的《新理学》版本。其扉页有诗云:"印罢衡山所著书,踌躇四顾对南湖。鲁鱼亥豕君休笑,此是当前国难图。"据兄长冯钟辽回忆,父亲写作时,他曾参加抄稿。大概就是《心性》《义理》和《鬼神》这几章。我因年幼,涂鸦未成,只能捣乱,未获准亲近书稿。

《新理学》石印本现仅存一部,为人民大学石峻教授所藏。纸略作黄色,很薄。字迹清晰。这书似乎是该在煤油灯或豆油灯下看的。

蒙自是个可爱的小城。文学院在城外南湖边,原海关旧址。据浦薛凤记:"一进大门,松柏夹道,殊有些清华工字厅一带情景。故学生有戏称昆明如北平,蒙自如海淀者。"父亲每天到办公室,我和弟弟钟越随往。我们先学习一阵(似乎念过《三字经》),就到处闲逛。

园中林木幽深，植物品种繁多，都长得极茂盛而热烈，使我们这些北方孩子瞠目结舌。记得有一段路全为蔷薇花遮蔽，大学生坐在花丛里看书。花丛暂时隔开了战火。几个水池子，印象中阴沉可怖，深不可测。总觉得会有妖物从水中钻出。我们私下称之为黑龙潭、白龙潭、黄龙潭——不知现在去看，还会不会有这样的联想。

南湖的水颇丰满，柳岸荷堤，可以一观。有时父母亲携我们到湖边散步。那时父亲是四十三岁，半部黑髯（胡子不长，故称半部），一袭长衫，飘然而行。父亲于一九三八年自湘赴滇途经镇南关折臂，动作不便，乃留了胡子。他很为自己的胡子长得快而骄傲。当年闻一多先生参加步行团，从长沙一步步走到昆明，也蓄了胡子。闻先生给家人信中说："此次搬家，搬出好几个胡子。但大家都说，只我和冯芝生的最美。"

记得那时有些先生的家眷还没有来，母亲常在星期六轮流请大家来用点家常饭。照例是炸酱面，有摊鸡蛋皮、炒豌豆尖等菜肴。以后到昆明再没有吃过那样好的豌豆尖了。记得一次听见父亲对母亲说，朱先生（自

烟斗上小人儿的话

清）警告要来吃饭的朋友说，冯家的炸酱面很好吃，可小心不可过量，否则会胀得难受。大家笑了半天。

那时新滇币和中央法币的比值是十比一，旧滇币和新滇币的比值也是十比一，都在流通。用法币计算，鸡蛋一角钱可买一百个。以法币为工资的人不愁没钱用。在抗战八年的艰苦的日子里，蒙自数月如激流中一段平静温柔的流水，想起来，总觉得这小城亲切又充满诗意。

当时生活虽较平静，人们未尝少忘战争。而且抗战必胜的信心是坚定的，那是全民族的信心。三八年七月七日学校和当地民众在旧海关旷地举行抗战纪念集会。父亲出席做讲演，强调一年来抗战成绩令人满意，中国坚持持久战是有希望的，一城一地之失，不可悲观，中国必将取得最后胜利。又言战争固能破坏，同时也将取得文明之进步，并鼓励学术界提高效率。浦薛凤说这次讲演"语甚精当"。

在那时战火纷飞的年月，学生常有流动。有的人一腔热血，要上前线；有的人追求真理，奔赴延安。父亲对此的一贯态度还是三七年抗战前在清华时引用《左传》的那几句话，"不有居者，谁守社稷？不有行者，谁捍牧圉？"奔赴国难或在校读书都是神圣的职责，可无论做什么都要做好。

清华第十级在蒙自毕业，父亲为毕业同学题词："天将降大任于斯人也，必先苦其心志，劳其筋骨，饿其体肤，空乏其身，行拂乱其所为，所以动心忍性，增益其所不能。第十级诸同学由北平而长沙衡山，由长沙衡山而昆明蒙自，屡经艰苦，其所不能，增益盖已多矣。书孟子语为其毕业纪念。"

一九八八年第十级毕业五十年，要出一纪念刊物。王瑶（第十级学生）教授来请父亲题词，父亲题诗云："曾赏山茶八度花，犹欣南渡得还家。再题册子一回顾，五十年间浪淘沙！"

如今又是五年过去了。父亲也去世三年有余了。岁月流逝，滚滚不尽。哲人留下的足迹，让人长思。

1994 年 1 月中旬

漫记西南联大和冯友兰先生

和几个少年时的朋友在一起,总会说起昆明。总会想起那蓝得无比的天,那样澄澈,那样高远;想起那白得胜雪的木香花,从篱边走过,香气绕身,经久不散。更会想起名彪青史的国立西南联合大学。北大、清华、南开三校联合,在抗战的艰苦环境中,弦歌不辍,培养了大批人才,成为教育史上的奇迹。

今年是卢沟桥事变,我国家开始全民抗战七十周年,也是西南联大成立七十周年(包括前身长沙临时大学)。八年抗战,中华民族经历了各种苦难,终于取得了最后的胜利，西南联大也是这段历史中极辉煌的一部分。

这些年来对西南联大的研究已成为专门题目。记得似乎是在上世纪七十年代末或八十年代初，美国人易社强来访问我的父亲冯友兰先生，请他谈西南联大的情况。这是我接触到的第一个西南联大的研究者。他是外国人，为西南联大的奇迹所感，发愤研究，令人起敬。可是他多年辛苦的结果听说是错误很多，张冠李戴，鹊巢鸠占，让亲历者看来未免可笑。历史实在是很难梳理清楚的，即使是亲历者也有各自的局限，受到各种遮蔽，有时会有偏见，所以很难还历史原貌。不过，每一个人都说出自己所见的那一点，也许会使历史的叙述更多面、更真实。

余生也晚，没有赶上入西南联大，而是一名联大附中的学生。只因是西南联大的子弟，也多少算是亲历了那一段生活。生活是困苦的，也是丰富的。虽然不到箪食瓢饮的地步，却也有家无隔宿之粮的时候。天天要跑警报，在生死界上徘徊，感受各种情绪的变化，可算得丰富。而在学校里，轰炸也好，贫困也好，教只管教，学只管学。那种艰难，那种奋发，刻骨铭心，永不能忘！

现在有人天真地提出重建一所西南联大，发扬她的精神。还是那几个少年时朋友一起谈论，都认为那是完全不可能的。情况完全不一样了，环境也不一样了，人更不一样了。真的，连昆明的天也不像以前蓝得那样清澈了。现在昆明的年轻人，甚至不知道什么是木香花。我们不再说话，各自感慨。

确实各方面都不一样了。那是在国难当头、民族危亡之际，一种生死存亡的紧迫感，让人不能懈怠。这是大环境。从在长沙开始直到抗战胜利，不断有学生投笔从戎。学校和民族命运是一体的。据联大校史载：先后毕业学生三千余人，从军旅者八百余人。奔赴抗日前线和留在学校学习，是一个事物的两个方面。冯友兰先生曾在他为学校撰写的一次布告中，对同学说："不有居者，谁守社稷？不有行者，谁捍牧圉？"不论是直接参加抗日还是留校学习，"全国人士皆努力以做其应有之事"。前者以生命作代价，后者怎能不以全身心的力量来学习。学习的机会是用多少生命换来的，学习的成绩是要对国家的未来负责的。所以联大师生无论遇到怎样的困难，从未对教和学有一点松懈。一九三八年，师生步行从长沙经贵阳，跋涉千里，于四月二十六日到昆明，五月四日就开始上课。一九四二年以前，昆明常有空袭，跑警报是家常便饭，是每天必修之课。师生们躲警报跑到郊外，在乱坟堆中照常上课。据联大李希文校友（现任云南大学外语系教授）记忆，冯友兰先生曾站在炸弹坑里上课。并不是没有别的教室，而是炸弹坑激励着教与学，这种不屈不挠的精神，上昭日月。

西南联大的子弟从军旅者也不乏其人，这也体现了父辈的爱国精神。梅贻琦先生之子女，梅祖彦从军任翻译官，梅祖彤参加国际救护队；冯友兰先生之子冯钟辽、熊庆来先生（当时任云南大学校长）之子熊秉明、李继侗先生之子李德宁都参军任翻译官。当时，梅祖彦、冯钟辽都在联大二年级，未被征调。他们是志愿者。西南联大纪念碑碑阴刻录了参军同学的名字，但因当时条件限制,未能完全收录。在这里,我愿向碑上有名或无名的所有参军的老学长们深致敬意!

我的母校联大附中属于联大师范学院,为六年一贯制,不分高中初中,有实验性质,计划要将中学六年缩短为五年,但终未实现。因为学校是新建的,没有校舍,教室是借用的,借不到教室,就在大树底下上课。记得地理课的"教室"便是在树下。同学们各带马扎(帆布小凳),黑板靠在树上。闫修文老师站在树下,用极浓重的山西口音讲课,带领我们周游世界。课后我们笑闹着模仿老师的口音:"伊拉K(克)、K(克)拉K(克)。"伊拉克现在是人所共知的了,但克拉克在什么地方我们却不记得。下雨时,几个人共用一柄红油纸伞,一面上课,一面听着雨点打在伞上,看着从伞边流下的串串雨珠。老师一手拿粉笔,一手擎伞,上课如常。有时雨大,一堂课下来,衣服湿了半边。大家不以为苦,或者说,是根本不考虑苦不苦,只是努力去做应该做的事。

管理学校,校方要和政府打交道,这可以说是一个中环境。在这个环境里，学校当局有多少自由，以实行自己的规划，对办好学校来说是关键性的。一九四二年六月，陈立夫以教育部长的身份三度训令联大务必遵守教育部核定的应设课程，统一全国院校教材，统一考试等新规定。联大教务会议以致函联大常委会的方式，驳斥教育部的三度训令。此函由冯友兰先生执笔，全文如下：

敬启者，屡承示教育部二十八年十月十二日第25038号，二十八年八月十二日高壹3字第18892号、二十九年五月四日高壹1字第13471号训令，敬悉部中对于大学应设课程及考核学生成绩方法均有详细规定、其各课程亦须呈部核示。部中重视高等教育，故指示不厌其详，但准此以往则大学将直等于教育部高等教育司中一科，同人不敏，窃有未喻。夫大学为最高学府，包罗万象，要当同归而殊途，一致而百虑，岂可刻板文章，勒令从同。世界各著名大学之课程表，未有千篇一律者；即同一课

烟斗上小人儿的话

程,各大学所授之内容亦未有一成不变者。惟其如此,所以能推陈出新,而学术乃可日臻进步也。如牛津、剑桥即在同一大学之中,其各学院之内容亦大不相同,彼岂不能令其整齐划一,知其不可亦不必也。今教部对于各大学束缚驰骤,有见于齐无见于畸,此同人所未喻者一也。教部为最高教育行政机关,大学为最高教育学术机关,教部可视大学研究教学之成绩,以为赏罚殿最。但如何研究教学,则宜予大学以回旋之自由。律以孙中山先生权、能分立之说,则教育部为有权者,大学为有能者,权、能分职,事乃以治。今教育部之设施,将使权能不分,责任不明,此同人所未喻者二也。教育部为政府机关,当局时有进退;大学百年树人,政策设施宜常不宜变。若大学内部甚至一课程之兴废亦须听命教部,则必将受部中当局进退之影响,朝令夕改,其何以策研究之进行,肃学生之视听,而坚其心志,此同人所未喻者三也。师严而后道尊,亦可谓道尊而后师严。今教授所授之课程,必经教部之指定，其课程之内容亦须经教部之核准，使教授在学生心目中为教育部之一科员不若。在教授固已不能自展其才，在学生尤启轻视教授之念，于部中提倡导师制之意适为相反。此同人所未喻者四也。教部今日之员司多为昨日之教授，在学校则一筹不准其自展，在部中则忽然周智于万物，人非至圣，何能如此。此同人所未喻者五也。然全国公私立大学之程度不齐，教部训令或系专为比较落后之大学而发，欲为之树一标准，以便策其上进，别有苦心，亦可共谅，若果如此，可否由校呈请将本校作为第……号等训令之例外。盖本校承北大清华南开三校之旧，一切设施均有成规，行之多年，纵不敢谓为极有成绩，亦可谓为当无流弊，似不必轻易更张。若何之处，仍祈卓裁。此致常务委员会。

此函上呈后，西南联大没有遵照教育部的要求统一教材，仍是秉承学术自由兼容并包的原则治校。这说明斗争是有效果的。

烟斗上小人儿的话

学术自由，民主治校，原是三校共同的理念。现在，三校联合，人才荟萃，更有利于实践。由此形成一个小环境。西南联大在管理学校方面，沿用教授治校的民主作风，除校长、训导长由教育部任命，各院院长都由选举产生。以梅贻琦常委为首，几年的时间，形成一个较稳的、有能力的领导班子。这是联大获得卓越成绩的一大因素。他们都是各专业举足轻重的人物，又都是干练之才，品格令人敬服。另一个文件可以帮助我们增加了解。

一九四二年，昆明物价飞涨，当时的教育部提出要给西南联大担任行政职务的教授们特别办公费，这应该说是需要的，但是他们拒绝了。也有一封信，已由清华档案馆查出。信为文言繁体字，字迹已经模糊，经任继愈先生辨认，我们得到准确的信文。任先生认为此信明白晓畅，用典精当，显然为冯友兰先生手笔。全文如下：

敬启者：承转示教育部训令总字第45388号，

附"非常时期国立大学主管人员及各部分主管人员支给特别办公费标准",奉悉一是。查常务委员总揽校务,对内对外交际频繁,接受公费亦属当然。为同人等则有未便接受者:盖同人等献身教育,原以研究学术启迪后进为天职,于教课之外肩负一部分行政责任,亦视为当然之义务,并不希冀任何权利。自北大清华南开独立时已各有此良好风气。五年以来,联合三校于一堂,仍秉此一贯之精神未尝或异。此为未便接受特别办公费者一也。且际兹非常时期,从事教育者无不艰苦备尝,而以昆明一隅为尤甚。九儒十丐,薪水犹低于舆台,仰事俯畜,饔飧时虞其不给。徒以同尝甘苦,共体艰危,故虽啼饥号寒,尚不致因不均而滋怨。当局尊师重道应一视同仁,统筹维持。倘只瞻顾行政人员,恐失均平之谊,且令受之者无以对其同事。此未便接受特别办公费者二也。此两端敬请常务委员会见其悃愫,代向教育部辞谢,并将原信录附转呈为荷。专上常务委员会公鉴。

烟斗上小人儿的话

签名人： 冯友兰　张奚若　罗常培　雷海宗
　　　　 郑天挺　陈福田　李继侗　陈岱孙
　　　　 吴有训　汤用彤　黄钰生　陈雪屏
　　　　 孙云铸　陈序经　燕树棠　查良钊
　　　　 王德荣　陶葆楷　饶毓泰　施嘉炀
　　　　 李辑祥　章明涛　苏国桢　杨石先
　　　　 许浈阳

　　签名者共二十五人。他们担任各院院长、系主任等行政职务，付出了巨大劳动，不肯领取分文补贴。"同人等献身教育，原以研究学术启迪后进为天职，于教课之外肩负一部分行政责任，亦视为当然之义务，并不希冀任何权利。"难得的是，这样想的不是一两个人，而是一群人。除这二十五位先生外，还有许多位教授，也同样具有这样光风霁月的精神。有这样高水平的知识群体，怎么能办不好一所学校。

　　今年，有人问我，七十年前，日本人打来了，你们为什么离开北平？这个问题真奇怪，我们怎么能不离开北平！留下来当顺民吗？那时不要说文化人，就是老百姓，也奔向大后方，要去为保卫国家尽一份力量。离开北平不是逃避，而是去尽自己的一份责任。当然，留在沦陷区的人也会有所作为。教师们肩负的传递文化的重任，他们可以在轰炸声中上课，在炸弹坑里上课，可以在和政府的周旋中上课，他们能在沦陷区上课吗？能在沦陷区办出一所国立西南联合大学来吗？

冯友兰先生在西南联大期间，不仅担任教学，而且参加学校领导工作，从一九三八年一直担任文学院院长。冯先生是西南联大的"得力之人"，西南联大校友、旅美历史学者何秉棣在他的《读史阅世六十年》一书中这样说。老友闻立雕说"得力之人"的说法很好，但还不能充分表现冯先生对西南联大的贡献。应该指出，冯先生为西南联大付出大量心血，是当时领导集团的中坚力量。云南师范大学雷希教授对西南联大校史研究多年，在《冯友兰先生在西南联大校务活动考略》一文中说："从有案可查的历史记载来看，冯先生在西南联大是决策管理层的最重要成员之一，教学研究层的最显要

烟斗上小人儿的话

教授之一，公共交往层的最重要人物之一。"这是符合实际情况的。

据《冯友兰年谱初编》载，除了上课，冯先生每天都开会，每周的常委会、院系的会，还有各种委员会。在繁重的工作之余，他著书立说，建立了自己的哲学体系。他的"贞元六书"，与抗战同终始。第一本《新理学》写在南渡之际，末一本《新知言》成于北返途中。在六本书各自的序言中，表达了他对国家和民族深切宏大的爱和责任感。他引横渠四句"为天地立心，为生民立命，为往圣继绝学，为万世开太平"，说"此为哲学家所自期许者也"。听说有一位逻辑学者教课时，讲到冯先生和这四句话，为之泣下。冯先生的哲学，不属于书斋和象牙之塔，他希望它有用。哲学不能直接致力于民生，而是作用于人的精神。在这方面，已经有了广泛的影响。社会科学工作者李天爵先生说，他在极端困惑中看到冯先生的书，知道人除了自己的社会地位，还应该考虑自己在宇宙中的地位。一个普通工人告诉我，他看了《中国哲学简史》，觉得心胸顿时开阔。最近在报上看见,韩国大国家党前党首、下届国家总统候选人朴槿惠在文章中说,在她人生最困难的时候,读了冯友兰的书,如同生命的灯塔,使她重新找回了内心的平静。

上世纪四十年代,一天在昆明文林街上走,遇到罗常培先生。他对我说:"今晚你父亲有讲演,题目是'论风流',你来听吗?"我那时的水平,还没有听学术报告的兴趣。后来知道,那晚的讲演是由罗先生主持的。很多年以后,我读了《论风流》,深为这篇文章所吸引。风流四要素——玄心、洞见、妙赏、深情,是"真名士自风流"的极好赏析,让人更加了解名士风流的审美的自由人格。这篇文章后来收在《南渡集》中。《南渡集》顾名思义,所收的都是作者在抗战时写的论文,一九四六年已经编就,后来收在全集中。

最近三联书店出版"贞元六书"和《南渡集》的单行本。《南渡集》是第一次单独出版。它和"贞元六书"一样,凝聚着作者对国家民族的满腔热情。它们距写作时已超过半个世纪,仍然可以感到作者的哲学睿智和诗人情怀,化结成巨大的精神力量,扑面而来。

烟斗上小人儿的话

西南联大这所学校虽然已不复存在，但它的精神不会消失，总会在别的学校得到体现，在众多知识分子、文化人身上延续。对此我深信不疑。冯友兰先生在他撰写的《国立西南联合大学纪念碑文》中为这一段历史做出了深刻而全面的总结，指出可纪念者有四。转述不如直接阅读，现节录如下：

我国家以世界之古国，居东亚之天府，本应绍汉唐之遗烈，作并世之先进，将来建国完成，必于世界历史，居独特之地位。盖并世列强，虽新而不古；希腊、罗马，有古而无今。惟我国家，亘古亘今，亦新亦旧，斯所谓"周虽旧邦，其命维新"者也。旷代之伟业，八年之抗战已开其规模，立其基础。今日之胜利，于我国家有旋乾转坤之功，而联合大学之使命，与抗战相终始。此其可纪念者一也。

文人相轻，自古而然，昔人所言，今有同慨。三校有不同之历史，各异之学风，八年之久，合作无间。同无妨异，异不害同；五色交辉，相得益彰；八音合奏，终和且平，此其可纪念者二也。

万物并育而不相害，道并行而不相悖，小德川流，大德敦化，此天地之所以为大。斯虽先民之恒言，实为民主之真谛。联合大学以其兼容并包之精神，转移社会一时之风气，内树学术自由之规模，外来"民主堡垒"之称号，违千夫之诺诺，作一士之谔谔，此其可纪念者三也。

稽之往史，我民族若不能立足于中原，偏安江表，称曰南渡。南渡之人，未有能北返者：晋人南渡，其例一也；宋人南渡，其例二也；明人南渡，其例三也。"风景不殊"，晋人之深悲；"还我河山"，宋人之虚愿。吾人为第四次之南渡，乃能于不十年间，收恢复之全功，庾信不哀江南，杜甫喜收蓟北，此其可纪念者四也。

此文不仅内容丰富且极富文采，可以掷地作金石声。不止一个人建议，年轻人应该把它背下来。我想，记在心上的是这篇文章，也就是对西南联大的永恒的纪念。

2007年6月至7月
为《西南联大建校七十周年纪念文集》而作

忆当年

——《新理学》七十岁

一九三八年,冯友兰先生的哲学体系——新理学体系的第一本书《新理学》,于云南蒙自以石印本的方式问世。

抗战初起,清华大学先至长沙,次年又到昆明。西南联合大学成立后,因校舍不够,文法学院暂居蒙自。父亲携带在衡山撰成初稿的《新理学》,经过长途跋涉,在蒙自做最后修订。

那年六月,母亲带领我们四姐弟,与朱自清、周作仁几位先生的家眷同行，自北平来滇，和父亲团聚。

蒙自的民居多有院落，木格窗可以撑起。窗下的白木案上摆着《新理学》书稿。父亲常坐在案旁，伏案工作。我们按照在清华乙所的习惯，不踏进书房禁地。这里当然没有书房，房间的一角，摆着白木书桌和一架书，书架由煤油箱搭成，也自然成了禁地。我们在房间另一半，无论怎样嬉笑，父亲充耳不闻。他自有他的哲学世界。

一天，胞兄钟辽得到一个光荣任务，为父亲抄稿子。《新理学》序中云："到蒙自后，又加写鬼神一章，第四章、第七章亦大修改。"钟辽抄的便是这一部分，他很高兴，甚至有些得意。因为我和弟弟钟越仍不得走进禁区。

当时，蒙自有电灯，但电力不足，灯光很暗，钨丝只能呈红色。晚上工作常点煤油灯。记得父亲讲过"老婆点灯"的故事，说老婆点灯为省油，一次只放一点，岂知这样挥发得快，更费油。后来，父亲分析日军在侵华战场上兵力的投入，也曾用老婆点灯的比喻。

烟斗上小人儿的话

书稿终于修订完毕。蒙自有一家石印作坊,父亲决定,先印出石印本。送稿子那天,我和哥哥随去。石印作坊很小,地势低洼。店主看着我们说,冯院长好一双儿女。那年我十岁,哥哥十四岁。云南人说话一般都很文气,不知怎么,许多云南人都这样称呼父亲。父亲只顾交代印书,那是他心血的结晶,也是他的儿女。

当时文法学院的校址是原来的海关,园子很大,花木繁多,是孩子们喜欢去的地方。附近有一座文庙,据说这建筑原来没有大门,蒙自人要等到蒙自出了状元才开大门。后来,好不容易熊庆来先生家出了一位进士,也就不等状元了,开了大门。进士当然和官有点关系,但更是一种学历,这也说明人们对文化的尊重和期盼。

石印本印出了,取回了,它的纸张很坏,黄而脆。可是到底成书了。可惜我家无存。听说,人民大学石峻教授保存了一本。他过世后,便也找不到了。但它的模样始终在我心中。《新理学》序中云:"怀昔贤之高风,对当世之巨变,心中感发,不能自已。"他希望自己的著作"对于当前之大时代,即有涓埃之贡献"。

父亲的哲学不属于象牙之塔，而是关心着国家民族的命运。他相信抗战是民族复兴的一个转折点。贞下起元，冬去春来。他要为中华民族重建的大厦提供一砖一瓦。

我很崇敬父亲那一代学人。他们在无比艰难的情况下工作，不仅是物质上匮乏，在精神上、工作上也要承受各种压力，应付多方面势力的干扰。他们终于能够使西南联大"内具学术自由之规模，外来自由堡垒之称号"，至今为人们所称道。而且他们大都有领先于本学科的著作。

据记载，父亲工作繁忙，除授课外，一天要开不止一个会。就是这样，抗战八年，他写出了"贞元六书"，差不多一两年就是一本，形成了完整的新理学体系。《新理学》是"贞元六书"的第一本，也是新理学体系的哲学基础。

《新理学》于一九三九年五月，在长沙商务印书馆正式出版。一九四一年至一九四六年，教育部曾举办六次全国学术著作评奖。一九四一年举行首次评奖，经学

烟斗上小人儿的话

术审议会投票选出,《新理学》获文科一等奖。理科方面获奖的是华罗庚的《堆垒数素论》。两人获奖后,华先生曾来家中看望,不巧父亲不在家,不然一定会有一番有趣的谈话。

人民文学出版社已故社长韦君宜在《敬悼冯友兰先生》一文中说:"在延安,有一次老同学蒋南翔向我介绍冯友兰先生新著的书《新世论》。他说,'这书写得实在好,他自己不标榜唯物主义,但是这实在是唯物主义的,你看看那一章《谈儿女》,我们这些人写不出来。'我把这本书看了,完全同意老蒋的看法。"(《冯友兰先生纪念文集》第43页,北京大学出版社)他们没有政治偏见,能够看出书的真实价值。

上海市社科院学者范明生说,冯友兰先生"凭借逻辑分析思维模式做出建立科学的中国哲学史的努力,渗透在其'贞元之际所著书'中结合中西思维模式、改铸中国传统哲学的思维模式的努力,是在推进和提高中华民族抽象思维能力的宏伟事业上,做出了载诸史册的贡献。"(《冯友兰先生百年诞辰纪念文集》第239页,清华

大学出版社）

　　父亲的书获得称赞和推许，也受到批评和非难。父亲从不以为意，他在批评与赞誉中前进。正如他在接受哥伦比亚大学授予名誉文学博士的仪式上答词中所说，"右翼人士赞扬我保持旧邦同一性和个性的努力，而谴责我促进实现新命的努力。左翼人士欣赏我促进实现新命的努力，而谴责我保持旧邦同一性和个性的努力。我理解他们的道理，既接受赞扬，也接受谴责。赞扬和谴责可以彼此抵消。我按照自己的判断继续前进。这就是我已经做的事和我希望我将来要做的事。"

　　答词全面而深刻，引文到这里可以结束。但我要继续引下一段。

　　"在这个仪式上，我深深感到，母校给予我的荣誉不单是个人荣誉。它象征着美国学术界对中华民族学术的赞赏。它象征着中美人民传统友好关系的继续发展。这种发展正是中国人民的共同愿望。"

　　在这里，他讲中美人民友谊，也说明学术不只属于一个国家，而是属于世界。

烟斗上小人儿的话

新理学体系是中国哲学向现代转型的一个路碑。它记载了中国哲学的努力和发展。现在"贞元六书"和作者的三种哲学史一样，不断有各种版本。人们现在读，将来也还会读。

2008年12月12日

烟斗上小人儿的话

一九九九年闻一多先生百年冥寿。他离开我们已经五十余年了。人们只能从照片里瞻仰他的风采。有一张照片传布最广，这也是最能显出闻先生诗人气质、学者风度的照片。他侧着头，口含烟斗，在画面的烟斗上有一个小人儿，那就是我。

我在照片里坐了四十多年，一九九一年在医院中才发现那是我。我真是高兴。这张照片成为我的护身符，当我和各种魔怪（包括病魔）战斗时，每想到这照片，想到闻先生，就觉得增添了力量。

烟斗上小人儿的话

许多人在语文课本里读过闻先生的《最后一次讲演》,那跨出门就不准备再回来的精神感染了多少人,教育了多少人。有时私下议论,鲁迅、闻一多活到"文革"时代会是怎样情况。估计他们也活不到"文革",在前面的运动中,就会活不下去,或能顽强地用另一种方式活下来,但肯定是过不了"文革"这一关的。

闻先生倡导说真话,他要做到怎么想就怎么说。抗战后期,他发表许多言论,尖锐批评最高统治者,丝毫不顾及自身安危,他这种大无畏精神,上薄云天。他是无所畏惧,但他对同事朋友是宽厚的,常替别人着想,从未闻有刻薄伤人之言。我想,他对时任统治者的愤怒是站在人民的利益上,而不是站在一己的利益上,而对于个人之间的摩擦(总会有的)是不放在心上的。可以说是"横眉冷对千夫指,俯首甘为孺子牛"的表率。

闻先生的革命精神包含诗人气质,"这是一沟绝望的死水,春风吹不起半点涟漪。"(《死水》)"春光从一张张绿叶上爬过……仿佛有一群天使在紫霄巡逻……忽地深巷里迸出一声清籁:'可怜可怜我这瞎子,老爷太太!'"(《春光》)他以无比的深情关怀着整个社会。我喜欢《也许》这首葬歌:"我把黄土轻轻盖着你,我叫纸钱儿缓缓地飞。"这又是另一种深情,看透了生死,似浅淡,却长远的深情。闻先生著有《九歌古歌舞剧悬解》,这是他根据屈原《九歌》写的歌舞剧本,想象力真丰富。我非常想看它的演出;另一个愿望是看爱罗先珂《桃色的云》上演。我想今生是看不到了。

最近,闻翻小妹送我一本闻先生的《诗经通义》。这是一部草稿,经闻翻校补成书。我翻阅后,见一字一词注释得详尽,更体会到"何妨一下楼主人"的精神。古人说,"三年不窥园,绝庆吊之礼",才能做一点学问,做学问需要这种不窥园、不下楼的精神。

一九四七年,我在南开大学上学。五六月间,举行了一次诗歌晚会,纪念闻一多。冯至从北京来参加,做了讲演。会后,我写了一首诗,那是我第一首发表的新诗。现摘一段在这里,诗的题目是《我从没有这样接近过你》。

烟斗上小人儿的话

我从没有这样接近过你。
真的,我从没有这样接近过你。
在大家沉重的脸中我看见了
你的脸。
在大家呜咽的声音里我听到了
你的声音,
我今天才找到了你,找到了你。
找到你
在我们中间。

闻一多是永远在青年中间的,他的精神永远年轻。这些年,我们不大想起闻一多了,远离了他的精神,而我们是多么需要他的精神!对强暴大无畏,对普通人深具同情;富有想象力的审美眼光;还有踏实认真甘坐冷板凳的治学态度。我知道"何妨一下楼"中只有冷板凳。

再来看一看那张照片。一九四五年初,西南联大悠悠体育会组织去石林,邀请闻先生参加。闻先生带了立雕(韦英)兄弟和我及钟越同往。那时去石林要乘火车,骑小马,到尾泽小学打地铺。到几个地方看景致都是步行,大家都是很能走路的。记得有一天中午,在一个小店打尖。闻先生要了米线,每个孩子一碗,招呼我们先吃。后来在长湖畔举行了联欢会,照片便是那时出世的。

  我坐在烟斗上,并不感到云雾缭绕的飘飘然,而是感到焦虑沉重——是因为坐在烟斗上么?我感到沉重,因为我们离闻一多远了;感到焦虑,因为我们似乎并不知道究竟已经离闻一多有多远。

1998 年 12 月于风庐

星期三的晚餐

　　去年春来时，我正在医院里。看见小花园中的泥土变得湿润，小草这里那里忽然绿了起来，真有说不出的安慰和兴奋。"活着真好。"我悄悄对自己说。

　　那时每天想的是怎样配合治疗。为补元气，饮食成为一件大事。平常我因太懒，奉行"宁可不吃也不做"的原则。当然别人做了好吃的，我也有兴趣，但自己是懒得动手的。得了病，别人做来我吃，成为天经地义，还唯恐不合口味，做者除了仲和外甥女冯枚，扩及住得近的表弟表妹和多年老友立雕（韦英）夫妇。

立雕是闻一多先生次子，和我同岁。我和他的哥哥立鹤同班，可不知为什么我和闻老二比和闻老大熟得多。立雕知道我的病况后，认下了每星期三的晚餐，把探视的日子留给仲。因为星期三不能探视，就需要花言巧语费尽周折才能进到病房。每次立雕都很有兴致地形容他的胜利。后来我身体渐好，便到楼下去"接饭"。见他提着饭盒沿着通道走来，总要微惊，原来我们都是老人了。

好一碗鸡汤面！油已去得干净，几片翠绿的菜叶，让人看了胃口大开。又一次是煮米粉，不知都放了什么作料，我居然把一碗吃完。立雕还征求意见："下次想吃什么？""酿皮子。"我脱口而出，因为知道春华弟妹是陕西人。

"你真会挑！"又笑加一句，"你这人天生的要人侍候。"

又是一个星期三，果然送来了酿皮子。那东西做起来很麻烦，要用特制的盘子盛了面糊，在开水里搅来搅去。味道照例是浓重的。饭盒里还有一个小碟，放了几

烟斗上小人儿的话

枚红枣。立雕说这是因为作料里有蒜，餐后吃点枣可以化解蒜味儿，是春华预备的。

我当时想，我若不痊愈，是无天理。

立雕不只拿来晚饭，每次还带些书籍来。多是关于抗战时昆明生活的。一次说起一九四五年一月我们随闻一多先生到石林去玩。闻先生那张口衔烟斗的照片就是在石林附近尾泽小学操场照的。

"说起来，我还没有这张照片呢。"我说。

"洗一张就是了。"果然下次便带来了那照片，比一般常见的大些。闻先生浓眉下双目炯炯有神，正看着我们，烟斗中似有轻烟升起。

闻先生身后有个瘦瘦的小人儿，坐在地上，衣着看不清，头发略长，弯弯的。"呀！"我叫了一声，"这是谁呀？"

素来反应迟钝的仲这次居然一眼看清，虽然他从未见过少年时代的我："这是谁？这不是我们的病号吗！"

立雕原来没有注意，这时鉴定认可。我身旁还有一个年轻人，不是立雕，也不是小弟，总是当时的熟

117

人吧。

素来自命清高，不喜照相，人多时便躲到一边去。这回怎么了！我离闻先生不近，却正好照上了，而且在近五十年后才发现。看见自己陪侍闻先生在照片里，觉得十分快乐。

在昆明有一段时间，我们和闻家住隔壁。家门前都有西餐桌面大的一小块土地，都种了豌豆什么的，好掐那嫩叶尖。母亲和闻伯母常站在各自的菜地里交谈。小弟向立鹤学得站立洗脚法，还向我传授。盆放在凳子上，人站在地下，两脚轮流做金鸡独立状，我们就一面洗一面笑。立鹤很有才华，能绘画、善演戏，英语也不错，若是能够充分发挥，应也像三弟立鹏一样是位艺术家。可叹他在一九四六年的灾难中陪同闻先生在鬼门关走了一遭，一九五七年又被错误地批判，并受了处分，经历甚为坎坷，心情长期抑郁不畅。他一九八一年因病去世，似是同辈人中最早离去的。

那次去石林是西南联大学生组织的，请闻先生参加。当时立鹤、立雕兄弟，小弟和我都是联大附中学

烟斗上小人儿的话

生,是跟着闻先生去的。先乘火车到路南,再骑一种矮脚马。我们那时都没有棉衣,记得在旷野中迎风骑马,觉得寒气逼人。骑马到尾泽后,住在尾泽小学。以后无论到哪里都是步行了。先赏石林的千姿百态,为那鬼斧神工惊叹不止。再访瀑布大叠水、小叠水。给我印象最深的是尾泽附近的长湖。湖边的石奇巧秀丽,树木品种很多,一片绿影在水中,反照出来,有一种淡淡的幽光。水面非常安详闲适,妩媚极了,我以后再没有见到这样纯真妩媚的湖。一九八〇年回昆明,再去石林,见处处是人为的痕迹,鬼斧神工的感觉淡得多了。没有人提到长湖,我也并不想再去,怕见到那本是不食人间烟火的天真烂漫,也沾惹上市井之气。

这张照片中没有风景,那时大同学组织活动,目的也不在风景。只是我太懵懂了,只记得在操场围成一个大圈子,学阿细跳月。闻先生讲话,大同学朗诵诗、唱歌,内容都不记得了。

一九八〇年曾为闻先生衣冠冢写了一首诗,后半段有这样几句:"亲眼见那燃着的烟斗／照亮了长湖边的苍茫暮霭/我知道这冢内还有它/除了衣冠外。"原来照片中不只有它，还有我。

闻先生罹难后，清华不再提供住宅。父母亲邀闻伯母带领孩子们到白米斜街家中居住。我们住后院，闻伯母一家住前院。我常和立雕、小弟三人一道骑车。那时街上车辆不像现在这样拥挤，三人并排而行，也无人干涉。现存有几张当时在北海拍摄的相片，一张是立雕和我在白塔下，我的头发还是和在闻先生背后的那张上一模一样。后来我们迁到清华住了，他们一家经组织安排到了解放区。一晃便是几十年过去了。

在昆明时，教授们为生活所迫，不得不做点能贴补家用的营生。闻先生擅长金石，对美学和古文字又有很高的造诣，这时便镌刻图章，石章每字一千二百元，牙章每字三千元。立雕、立鹤兄弟两人有很好的观摩机会，渐得真传，有时也分担一些。立雕参加革命后长期做宣传工作，一九八八年离休，在家除编辑新编《闻一多全集》的《书信卷》之外，还应邀为浠水闻一多纪念馆设计和编写展览脚本。近期又将着手编闻先生的影集

烟斗上小人儿的话

《人民英烈闻一多》。看样子他虽离休了，事情还很多，时间仍是不敷分配。

看来子孙还是非常重要，闻先生不只有子，而且有孙。《闻一多年谱长编》是由立雕之子闻黎明编写的。黎明查找资料很仔细，到昆明看旧报，见到冯爷爷的材料也都摘下。曾寄来蒙自"故居"的照片，问"璞姑"是不是这栋房子。房子不是，但在第三代人心中存有关切，怎不让人感动！

父亲前年去世后，立雕写了情意深重的信。信中除要以他们兄妹四人名义敬献花圈外，还说："伯父去世是我们国家和人民的重大损失。我永远忘不了在我们最困难的时候，伯父、伯母给我们的关怀、帮助和安慰。我们两家两代人的友谊，是我脑海中永不会消失的美好记忆与回忆。"

从那桌面大的豌豆地，从那长湖上的暮霭，友谊延续着，通过了星期三的晚餐，还在延续着。我虽伶仃，却仍拥有很多。我有知我、爱我的朋友，有众多的堂兄弟姊妹、表兄弟姊妹，还有因上一代友情延续下来的诸家准兄弟姊妹——

比起"文革"间那一次重病的惨淡凄凉,这次生病倒是蛮风光的,怎舍得离开这个世界呢。

活着真好。

1992年3月中写,4月底改

一晃过了几十年。这里经过了多少惊涛骇浪。我在经历了人世酸辛之余，也已踏遍燕园的每一个角落。领略了花晨月夕，四时风光。未名湖，湖光依旧。那塔，应该是未名塔了，但却从没有人这样叫它。它矗立在湖边，塔影俨然。

我那操劳一生的母亲怀着无限不安和惦念在校医院病逝，没有足的人抬她下楼。当天，她所钟爱的狮子猫被人用鸟枪打死，留下一尚未满月的小猫。这小猫如今已是十一岁，步入老年行列了。

湖光塔影

从燕园离去的人,难免沾染些泉石烟霞的癖好。清晨在翠竹下读书,黄昏在杨柳岸边散步,习惯了,自然觉得燕园的朝朝暮暮,和那一木一石融在一起,难以分开。在诸般景色中,最容易萦绕于人们思念的,大概是那湖光塔影的画面了。但若真把这幅画面落在纸上,究竟该怎样着笔,我却想不出。

小时候,常在湖边行走。只觉得这湖水真绿,绿得和岸边丛生的草木差不多,简直分不出草和水、水和草来;又觉得这湖真大,比清华的荷花池大多了。要不然怎么一个叫池,一个叫湖呢。对面湖岸看来不远,但可要走一会儿,不像荷花池一跑便是一圈。湖中心有一个绿色的小岛,望去树木葱茏,山石叠翠。岛东有一条白色的石船,永恒地停在那里。虽然很近,我却从未到过岛上。只在岸边看着鱼儿向岛游去,水面上形成一行行整齐的波纹。"鱼儿排队!"我想。在梦中,我便也加入鱼儿的队伍,去探索小岛的秘密。

一晃过了几十年。这里经过了多少惊涛骇浪。我在经历了人世酸辛之余,也已踏遍燕园的每一个角落。领略了花晨月夕,四时风光。未名湖,湖光依旧。那塔,应该是未名塔了,但却从没有人这样叫它。它矗立在湖边,塔影俨然。它本是实用的水塔,建造时注意到为湖山生色,仿照了通州十三层宝塔的式样。关于通州塔,有许多优美的传说故事,而这未名塔最让人难忘的,只是它投在湖水上的影子。晴天时,岸上的塔直指青天,水中的塔深延湖底,湖水一片碧绿,湖影在湖光中,檐角的小兽清晰可辨。阴雨时,黯云压着岸上的塔,水中的塔也似乎伸展不开,雨珠儿在湖面上跳落,泛起一

烟斗上小人儿的话

层水汽,塔影摇曳了,散开了,一会儿又聚在一起,给人一种迷惘的感觉。雾起时,湖、塔都笼罩着一层层轻纱。雪落时,远近都覆盖着从未剪裁过的白绒毡。

月夜在湖上别有一番情调。湖西岸有一座筑有钟亭的小山,山侧有树木、草地和一条小路。月光在这儿,多少有些局促。循小路转过山脚,眼前忽然一亮,只见月色照得一片通明,水面似乎比白天宽阔了许多,水波载着月光不知流向何方。但那些北岸树丛中的灯火,很快显示了湖岸的线条,透露了未名湖的秀雅风致。行近岸边,长长的柳丝摇曳着月色湖光。水的银光下是挺拔的塔影,天的银光下是挺拔的塔身。湖中心的小岛蓊蓊郁郁,显得既缥缈又实在。这地面上留住的月光和湖面上的不同。湖面上的闪烁如跃,如同乐曲中轻盈的拨弦;地面上的迷茫空灵,却似水墨画中不十分均匀的笔触。

循路东行到一座小石桥边,向右折去,是一潭与未名湖相通的水。水面不大,三面山坡,显得池水很深。山坡上树木茂密,水边石草杂置。月光从树中照进幽塘。水中反射出冷冷的光，真觉得此时应有一只白鹤从水上掠过，好为那"寒塘渡鹤影，冷月葬诗魂"的诗句做出图解。

又是清晨的散步。想是因为太早，湖畔阒寂无人，只有知了已开始一天的喧闹。我在小山与湖水之间徐行，忽然想起，这山上有埃德加·斯诺先生的遗骨，我此时并不是一个人在这里。斯诺墓已经成为未名湖畔的一个名胜古迹了。简朴的墓碑上刻着"中国人民的美国朋友"的字样。这墓地据说原是花神庙的遗址。湖边上，正在墓的迎面，有一座红色的、砖石筑成的旧庙门，那想是原来的庙门了。我想，中国的花神会好好照看我们的朋友。而"朋友"这个名词所表现的深厚情谊正是我们和全世界人民关系的内涵。

站在红门下向湖中的岛眺望，那白石船仍静静地停泊在原处，树木只管各自绿着。但这几年，在那浓绿中，有一个半球状的铁网样的东西赫然摆在那里，仰面向着天空。那是一架射电天文望远镜，用来接收其他星体的电波。有的朋友认为它破坏了自然的景致，我却觉

烟斗上小人儿的话

得它在湖光塔影之间,显示出人类智慧的光辉。儿时的梦在我眼前浮起,我要探索的小岛的奥秘,早已由这架望远镜向宇宙公开了。

沉思了片刻,未名塔的背后已是一片朝霞。平日到这时分,湖边的人会渐渐多起来。有人跑步,有人读书,整个湖上充满了活泼的生意。这时却只有两个七八岁的学生在我旁边。他们不知从何时起,坐在岸石上,聚精会神地观察水里的鱼。我想起现在已经放暑假了,孩子才有时间清早在水边流连。

"看,鱼!鱼排队!"他们高兴地大叫大嚷,一面指着水面上整齐的一行行波纹,波纹正向小岛行去。

"骑鱼探险去吧?"我不由得笑问。

"你怎么知道?"他们冲我眨眼睛,又赶快去盯住大鱼。我不只知道这个,还知道这小岛早已不在话下,他们的梦,应该是探索宇宙的奥秘了。

我怕打扰他们,便走开了。信步来到大图书馆前。这图书馆真有北京大学的气派。四层楼顶周围镶嵌的绿琉璃瓦在朝阳的光辉里闪闪发亮,正门外有两大片草地，如同两潭清浅的池水。凸出的门廊阶下两长排美人蕉正在开放，美人蕉后是木槿树，雪青、洁白的花朵缀在枝头。馆门上高悬"北京大学图书馆"七个挺秀的大字。这里藏书三万两千册，有两千左右座位，还是终日座无虚席。平时，每天清晨，总有许多人在门前等候。有几次，这些年轻人别出心裁，各自放下装得鼓鼓的书包，由书包排成了长长的队伍。书包虽不像鱼儿会游泳，但却引导人们在知识的活水中得到营养，一步步攀登高峰。这些年轻人中的一部分已经奔向祖国的四面八方，用学得的知识从事建设了。今后，还会有更多的年轻人来这里学习，汲取知识的活水。

这时，我虽不在未名湖畔，却想出了幅湖光塔影图。湖光、塔影，怎样画都是美的，但不要忘记在湖边大石上画出一个鼓鼓的半旧的帆布书包，书包下压着一纸我们伟大祖国的色彩绚丽的地图。

1979年8月

我爱燕园

我爱燕园。

考究起来,我不是北大或燕京的学生,也从未在北大任教或兼个什么差事。我只是一名居民,在这里有了三十五年居住资历的居民。时光流逝,如水如烟,很少成绩;却留得一点刻骨铭心之情:我爱燕园。

我爱燕园的颜色。五十年代,春天从粉红的桃花开始。看见那单薄的小花瓣在乍暖还寒的冷风中轻轻颤动,便总为强加于它轻薄之名而不平,它其实是仅次于梅的先行者。还没有来得及为它翻案,不要说花,连树都难逃斧钺之灾，砍掉了。于是便总由金黄的连翘迎来春天。因为它可以入药，在校医院周围保住了一片。紧接着是榆叶梅热闹地上场，花团锦簇，令人振奋。白丁香、紫丁香，幽远的甜香和着朦胧的月色，似乎把春天送到每人心底。

绿草间随意涂抹的二月兰，是值得大书特书的，那是野生的花，浅紫掺着乳白，仿佛有一层亮光从花中漾出，随着轻拂的微风起伏跳动，充满了新鲜，充满了活力，充满了生机，简直让人不忍走开。紫色经过各种变迁，最后便是藤萝。藤萝的紫色较凝重，也有淡淡的光，在绿叶间缓缓流泻，这时便不免惊悟，春天已老。

夏日的主色是绿，深深浅浅浓浓淡淡的绿。从城里奔走一天回来，一进校门，绿色满眼，猛然一惊，便把烦恼都抛在校门外了。绿色好像是底子，可以融化一切的底子，那文眼则是红荷。夏日荷塘是我招待友人的保留节目。鸣鹤园原有大片荷花，红白相间，清香远播。动乱多年以后，寻不到了。现在勺园附近、朗润园桥边都有红荷，最好的是镜春园内的一池，隐藏在小山之

烟斗上小人儿的话

后,幽径曲折,豁然得见。红荷的红不同于桃、杏,鲜艳中显出端庄,就像白玉兰于素静中显出华贵一样。我曾不解为什么佛的宝座做莲花状,再一思忖,无论从外貌或品德比较,没有比莲花更适合的了。

秋天的色彩令人感到充实和丰富。木槿的花有紫有白,紫薇的花有紫有红,美人蕉有各种颜色,玉簪花则是玉洁冰清,一片纯白。而最得秋意的是树叶的变化。临湖轩下池塘北侧一排高大的银杏树,秋来成为一面金色高墙,满地落叶也是金灿灿的,踩上去不由生出无限遐想。池塘西侧一片灌木不知名字,一个叶柄上对称地生着秀长的叶子,着雨后红得格外鲜亮。前年我为它写了一篇小文《秋韵》,去年再去观赏时,却见树丛东倒西歪,让人踩出一条路。若再成红霞一片,还不知要多少年!我在倒下的枝叶旁徘徊良久,恨不能起死回生!"文化大革命"中滋长的破坏习性,什么时候才能改变?!

一望皆白的雪景当然好看,但这几年很少下雪。冬天的颜色常常是灰蒙蒙的,很模糊。晴时站在未名湖边四顾，天空高处很蓝，愈往边上愈淡，亮亮地发白，枯树枝丫，房屋轮廓显出各种姿态，像是一幅没有着色只有线条的钢笔画。

我爱燕园的线条。湖光塔影，常在从燕园离去的人的梦中。映在天空的塔身自不必说，投在水中的塔影，轮廓弯曲了，摇曳着，而线条还是那么美！湖心岛旁的白石舫，两头微微翘起，有一点弧度，显得既圆润又利落。据说几座仿古建筑的檐角，因为缺少了弧度，而成凡品。湖西侧小山上的钟亭，亭有亭的线条，钟有钟的线条，钟身上铸了十八条龙和八卦。那几条长短不同的横线做出的排列组合，几千年来研究不透。

我爱燕园的气氛，那是人的活动造成的。每年秋天，新学年开始，园中添了许多稚气的脸庞。"老师，六院在哪里？""老师，一教怎样走？"他们问得专心，像是在问人生的道路。每年夏天，学年结束，道听途说则是："你分在哪里？""你哪天走？"布告牌上出现了转让车票、出让旧物的字条。毕业生要到社会上去了。不知他们四年里对原来糊涂的事明白了多少，也不知今后

烟斗上小人儿的话

会有怎样的遭遇。我只觉得这一切和四季一样分明,这是人生的节奏。

有时晚上在外面走——应该说,这种机会越来越少了——看见图书馆灯火通明,像一条夜航的大船,总是很兴奋。那凝聚着教师与学生心血的智慧之光,照亮着黑暗。这时我便知道,糊涂会变成明白。

三角地没有灯,却是小小的信息中心,前两年曾特别热闹,几乎天天有学术报告,各种讲座,各种意见,显示出每个人都用自己的头脑在思索。一片绚烂胜过自然间的万紫千红。这才是燕园本色!去年上半年骤然冷落,只剩些舞会通知、电影广告和遗失启事,虽然有些遗失启事很幽默,却总感到茫然凄然。近来又恢复些生气。我很少参加活动,看看布告,也是好的。

我爱燕园中属于我自己的记忆。我扫过自家门前雪,和满地扔瓜子壳儿的男士女士们争吵过。我为奉老抚幼,在衰草凄迷的园中奔走过。我记得室内冷如冰窖的寒冬,也记得新一代水暖工送来温暖的微笑。我那操劳一生的母亲怀着无限不安和惦念在校医院病逝,没

133

有足够的人抬她下楼。当天,她所钟爱的狮子猫被人用鸟枪打死,留下一只尚未满月的小猫。这小猫如今已是十一岁,步入老年行列了。这些记忆,无论是美好的还是痛苦的,都同样珍贵。因为那属于我自己。

我爱燕园。

1988 年 1 月 18 日

风庐乐忆

清华园乙所曾是我的家。它位于园内一片树林之中。小时候觉得林子深远茂密，绿得无边无涯，走在里面，像是穿过一个梦境。抗战时在昆明，对北平的怀念里，总有这片林子。及至胜利后，再住进乙所，却发现这林子不大，几步便到边界。也没有回忆中的丰富色彩。

复员后的一年夏天，有人在林中播放音乐，大概是所谓的音乐茶座吧，凭窗而立，音乐像是从绿色中涌出来，把乙所包围了，也把我包围了。常听到的有舒伯特的《未完成交响曲》，这是很少的我记得旋律的乐曲之一。还有贝多芬的《田园》，莫扎特的弦乐四重奏，柴科夫斯基的《悲怆》等。每当音乐响起时，小树林似乎扩大了，绿色显得分外滋润，我又有了儿时往一个梦境深处飘去的感觉。

清华音乐室很活跃，学生里音乐爱好者很多。学余乐手颇不乏人，还出了些音乐专业人才。我是不入流的，只是个不大忠实的听众而已。因为自己有的唱片很有限，常和同学一起到美国教授温德先生家听音乐。温德先生教我们英诗和莎士比亚，又深谙古典音乐。他没有家，以文学和音乐为伴。在他那里听了许多经典名作，用的大都是七十八转唱片。每次换唱片，他都用一个圆形的软刷子把唱片轻刷一遍，同时讲解几句。他不是上课，不想灌输什么。现在大家都不记得他讲什么，却记得他最不喜欢柴科夫斯基，认为柴科夫斯基太感伤。有一次听肖邦，我坐在屋外台阶上，月光透过掩映的花木照下来。我忽然觉得肖邦很有些中国味道。后从傅雷家书中得知确实中国人适合弹肖邦。有很长一段时间，我最偏爱肖邦。

以后在风庐里住的约四十年中，听音乐的机会随客观情况的变化而忽少忽多。只是再没有固定的音乐活动了，也没有人义务为大家换唱片了。最后一次见到温德是在北大校医院楼梯口，他当时已快一百岁了，坐在轮椅上，盖着一条毯子。我忙趋前问候。他用英语说："他们不让我出去！告诉他们，我要出去，到外面去！"我找到护士说情。一位说，下雨呢，他不能出去。又一位说，就是不下雨，也不能去。我只好回来婉转解释，他看住我，眼神十分悲哀。我不忍看，慌忙告别下楼去，一路蒙蒙细雨中，我偏偏仿佛听到柴科夫斯基第六交响曲中那段最哀伤的曲调。温德先生听见了什么，我无法问他。

这几年较稳定，便成为愈来愈忠实的听者，海淀这边有音乐会时，常偕外子前往。好几次见满场中只有我两人发染银霜，也不觉得杂在后生群中有什么不妥。有一次中央乐团先演奏一个现代派的名作，休息后演奏贝多芬的第七交响曲，在饱受奇怪音响的磨难之后，觉得第七交响曲真好听！它是这样活泼而和谐，用一句旧话形容，让人全身三万六千个毛孔都通开了。又一次有一位苏联女钢琴家来演奏拉赫玛尼诺夫第二钢琴协奏曲，于是，满怀热望到场，谁知她的演奏十分苍白无力。我却也不沮丧，总算当场听过一次了。在海淀听过几次肖斯塔科维奇，发现他是那样深刻，和我们的心灵深处很贴近很贴近。一九九一年严冬，我刚结束差不多一年的病榻生活，还曾不顾家人反对，远征到北京音乐厅听莫扎特的安魂曲。记得刚见莫扎特这几个字，便感到安慰。

严肃音乐不景气，音乐会少多了。要听音乐，当然还是该自己拥有设备。我毫无这方面的志向，只是书已够我对付，够我"恨"了，怎受得了再加上磁带、唱片、CD什么的。我憧憬的是家徒四壁，想看书到图书馆，想听音乐一按收音机。许多国家有专播古典音乐的电台，我希望我们在这一点能赶上，不必二十四小时，八小时也够了，可不能安排在夜里。

现代音乐理论家黎青主曾说音乐是"上界的语言"，

每当音乐响起时,小树林似乎扩大了,绿色显得分外滋润,我又有了儿时往一个梦境深处飘去的感觉。

我看着窗外一只灰尾巴喜鹊坐在丁香的一段枯枝上,它飞走了,又一只黑尾巴喜鹊飞来。这两种喜鹊是两个家庭,"文化大革命"前就居住在这里,"文革"时鸟儿也逃难,后来迁回。这几年,鸟丁兴旺,我只听见闹喳喳,这时看得清楚,恍如旧友重逢。它们似乎也在问我:"嘿,你怎样了?"

烟斗上小人儿的话

并引马丁·路德的诗句:"谁从事音乐,就是有了一份上界的职业。"他自己解释说,意即音乐是灵魂的语言,是灵界的一种世界语言。音乐在诸门艺术中确是最直接诉诸灵魂的,最没有国界的。对"上界的语言"这话,我还想到两层意思:一是可以用来形容音乐的美,另一层意思我用一句话来表达,那就是:能听一点音乐的人有福了。

1993 年 11 月

从近视眼到远视眼

经过不到半小时的手术，我从近视眼一变而为远视眼。这是今年六月间的事。

我的眼睛近视由来已久。八九岁时看林译《块肉余生述》，暮色渐浓，还不肯放。现在还记得"大野沉沉如墨"的句子。抗战期间的菜油灯更是培养近视眼的好工具。五十几年，脸上从未脱离眼镜，老来患白内障，眼前更是一片迷茫，戴不戴眼镜也没有什么区别了。"老年花似雾中看"，以为这也是人必然要经过的"老"的滋味。

烟斗上小人儿的话

可是人太可尊敬了,太伟大了,能够修理自己,让自己重又处在明亮绚丽的世界中。手术后我透过眼罩的缝隙看到地上有许多花纹,还以为眼睛出了毛病,一问才知道病房里的地板本来就有花纹,只是我原来看不见。因为感到明亮,以为房间里换了电灯泡,其实也是自己的眼睛在作怪。取下眼罩时,我先看见横过窗前的树枝,每片叶子是那样清楚,医院门前的一树马缨花,原来由家人介绍过,现在也看到了颜色。近年来我看人都只见一个轮廓,这时眼前的医生有了眉眼,我不由得欢喜地对大夫说:"我看见你了。"

本是最亲近的家人,这些年也是模糊的。现在看到老伴的头顶只剩下不多的头发,女儿的脸上已添了几道皱纹。我猛然觉得生活是这样实在,这样暖热,因为我看到了。

病房走廊外面,是那座尼泊尔式的白塔,以前我知道那里有这座塔,家人指着说:"看呀,看呀,就在眼前。"我看不见。因为习惯了由别人代看,也不觉得懊恼。这时我特地到窗前去看,原来那塔很近、很大、很白，由蓝天衬着，看上去有几分俏皮，不是中国塔的风格。我在这塔的旁边从近视眼变成远视眼。它应该是我的朋友。

因为高度近视，将白内障取出后，不放人工晶体。结果是两眼各有几百度的远视，成了远视眼。我看不清东西时，习惯地把它拿近，反而更看不清。倒是远处的东西较清楚。虽不能像正常人，我已经很满足了。我们回家，进了西门，经过大片荷塘时，见朵朵红荷正在盛开，花瓣的线条都显得那样精神。露珠在荷叶上滚动，我几乎想走下车去摸一摸。燕南园好几栋房屋换过房顶。我第一次看清一层层的瓦。走进家门，院中的荒草好像在打招呼，说："看看我们，早该收拾了。"我本以为我的住处很整洁，却原来只是一种幻象。现在看到的是有裂纹和水迹的房顶，白粉剥落的墙壁，还有油漆差不多褪尽的地板。而且这里那里的角落，都积有灰尘。

我看着窗外一只灰尾巴喜鹊坐在丁香的一段枯枝上，它飞走了，又一只黑尾巴喜鹊飞来。这两种喜鹊是两个家庭，"文化大革命"前就居住在这里，"文革"时

烟斗上小人儿的话

鸟儿也逃难,后来迁回。这几年,鸟丁兴旺,我只听见闹喳喳,这时看得清楚,恍如旧友重逢。它们似乎也在问我:"嘿,你怎样了?"

我们素来阴暗的房间增加了亮度,我在镜中看到了自己,我有很长时间没有"自知之明"了。我相信通过爱心而做出的描述,总之是不显老。现在我看清了自己的额前沟壑,眼下丘陵。忽然想到了"不许人间见白头"这句话。看来,近视眼也有好处,让人不知道老态的存在。

我去医院复查,沿路大声念着街旁店铺的招牌,"看,这个馆子叫湘菩提。""哦!这儿还有鱼翅宴。"司机很觉莫名其妙。他哪里知道看得见的快乐。

七月六日我们去游览白塔寺,也拜访我的朋友——那座白塔。这天下着小雨,家人说,他们来来去去看见正门是不开的。我们打着伞走过去,却见正门洞开,门不高大,有七七四十九颗门钉在微雨中闪闪发亮。我们走进去,见院中有一个新铸的鼎,为西城区金融界所献,鼎上有一条彩色的龙。这鼎似乎与佛法较远。前面的殿正举行万佛艺术展，因为离得近，我反而看不清每个塑像的姿态面目。正殿供奉据说是三世佛，居中是释迦牟尼不成问题，两旁是阿弥陀佛和药师佛。我有些疑惑，觉得在别处看到的未来佛和过去佛好像不是这两位。我们走到白塔下面，塔身高五十一丈，只能看见底座，又据说转塔一周可以祈福消灾。这时一位游人——我们之外唯一的游客，她对我们说："白塔寺正门从今天起正式开放，今天是阴历五月二十三日，好像和观音菩萨有什么关系。我们是第一批走进第一次开的正门，真是有福气。"我们绕塔一周，在塔后看到四株古老的楸树，不知有多少年了。我想如果世上真有福气，它应该属于驱逐病魔的医生们。他们使人的生命延长，他们使人离开黑暗。其实是他们给了病人福气。作为医学界代表的药师佛怎么能是过去佛呢，他应该属于未来。

　　医学是科学的一部分。我默默念诵，科学真是了不起！人类真是了不起！有了科学才有各种治疗，有了人的智慧才有科学。人类智慧的一大特点是有想象力，这样才能创造。千万不要扼杀想象力！人类另一个特点是

烟斗上小人儿的话

能积累经验,在积累的经验上才能求得进步。不知多少治疗的经验,才捧出一双双明亮的眼睛。经验是最可宝贵的,怎能忘记!

最初的喜悦过去了,因两眼视力不平衡,我看到的世界不很端正,楼房、车辆都有些像卡通。想想也很有趣,是近视眼时,常常要犯错误。作为眼疾患者的日子,更是过得糊里糊涂。成为远视眼,又看不清近处的事,希望能逐渐得到调整。若是能够,也许日子会过得清醒些。

牛顿在他七十岁的时候,人问他得到了什么,他答道:"不过在人生的海滩上拾到了一些蚌与螺。"我总觉得这句话很美,美得让我感动。

我已迈过了七十岁。回头一看,我拾到的不过是极小的石粒。如果我有一双较正常的眼睛,又不是那么糊涂,我还会多拾几颗小石粒,虽然它们很平凡,虽然它们终究都是要漏去的。

1999 年 7 月下旬

告别阅读

　　二〇〇〇年，正逢阴历龙年。春节前，看到各种颜色鲜艳、印刷精美的贺卡，写着千禧龙年，街上挂着红灯，摆着花篮，真觉得辉煌无比。

　　龙年是我的本命年，还未进入龙年，便有人说，你要准备一条红腰带。我笑笑说，才不信那些呢。临近兔年除夕，我站在窗前，突然眼前一黑，左眼中仿佛遮上了一层黑纱帘，它是我依靠的那只眼睛，右眼早已不大能用。现在一切都变得朦胧，这是怎么了？我很奇怪。自从去年夏天，做过白内障手术后，我已经习惯了

烟斗上小人儿的话

过明白日子,而且以为再不会糊涂,现在的情况显然是眼睛又出了问题。因为就要过节,只好等到春节后再去就医。

龙年的第一件大事便是去医院。诊断是我没有想到的:视网膜脱落。医言只要做一个小手术,打气泡到眼睛里,即可复位。我便听医生的话住院,做手术。手术后真有两周令人兴奋的时光,眼前的纱帘没有了,一切和以前差不多,头脑似乎还更清楚些。

不料十几天后,气泡消尽,再加上我患喘息性支气管炎,咳嗽得山摇地动。二月二十七日,视网膜再次脱落。

我只有再次求医,医生还是说要打气泡。我想这次脱落的范围大了,气泡是否顶得住。经过劝说,还是做了打气泡的决定。

当时我认为咳嗽是大敌,特住进医院求保护,果然咳嗽是躲过了,但仍然没有躲过网脱。

三月二十日,气泡快消尽时,视网膜第三次脱落。气泡果然不能完成任务。我清楚地看见,视网膜挂在眼前，不再是黑纱，而像是布片。夜晚，我久不能寐，依稀看见窗下的月光，月光淡淡的，我很想去抚摸它。我怕自己再也不能感受光亮。查夜的护士问，为什么不睡，有什么不舒服。我只能说，我很不幸。

第三次手术，是把硅油打在眼睛里，是眼科的大手术。手术确定了，可是没有床位。一天天过去了，可以清楚地感觉到网脱的范围越来越大，后来，无论怎样睁大眼睛，眼前还是一片黑暗，无边无涯，没有人帮助我解脱。忽然，我仿佛看见了我的父亲，他也在睁大了他那视而不见的眼睛，手拈银须，面带微笑，安详地口授巨著。晚年的父亲是准盲人，可是他从未停止工作，以后父亲多次出现在黑暗中，像是在指点我，应该怎样面对灾祸。

终于熬到住进了医院，到了做手术的这天，上手术台前的诊断是，视网膜全脱。

在手术室里还和麻醉师有一番争论。麻醉师很年轻，很认真负责。她见我头晕，十分艰难地躺上手术台，便不肯用原订的麻醉计划，说："你这是要眼睛不

烟斗上小人儿的话

要命。要我用麻醉最好再签一回字。"经主刀医生解释,已经过各科会诊,麻醉师最后同意用局麻进行手术。她怕我出问题,给麻药很吝啬。于是我向关云长学习,进行了一次刮骨疗毒。麻醉师也是有道理的,疼是小事,命是大事。就是手术安排的不恰当,时间的延误,我都没有什么好抱怨的,我只怪一个人,那就是上帝。他老人家造人造得太不完美了,好好的器官,怎么要擅离职守掉下来,而且还顽固地不肯复位。头在颈上,手在臂上,脚在腿上,谁曾见它们掉下来过,怎么视网膜这样特别。

其实,我自己也知道这不过是几句气话。网脱是一种病,高度近视是起因。我再一次被病魔擒获。

手术顺利,离战胜病魔还很远。接下来的是长期俯卧位——趴着。人是站立的动物,怎么能趴着呢?为了眼睛也渐习惯了。据说手术成功与否和是否认真趴着很有关系。硅油的作用是帮着视网膜重新长好。三个月到半年后,再做一次手术将油取出。油取出后常有网膜重落的病例。我真奇怪科学发达这样迅速,怎么对网脱的治疗没有完善的办法。用油或气顶住，气消失油取出后，重脱的可能性极大，也只能到时候再说了。希望我这是杞人忧天。

手术后，重又感觉到光亮。视力已经很可怜，但是能感觉光亮。光亮和黑暗是两个世界，就像阳间和阴间一样。我又回到了阳间，摆脱了黑暗，我很满足。回到家中，我在房间里走来走去，还可以指出窗帘该换，猫该洗了。丁香早已开过，草玉兰还剩几朵，我赶上了蔷薇花，有人家的蔷薇一直爬到楼上，几百朵同时开放，我看不清楚花朵，但能感受到那是一大幅鲜艳的画图。

但是我不再能阅读。

从小我常躲在被子里看小说。现在不能阅读真是残酷的事。文字给了我多么丰富，多么美妙的世界。小小的方块字，把社会和历史都摆在了面前。我曾长时期因患白内障不能阅读，但那时总怀有希望，总以为将来总是要看书的，午夜梦回，开出一长串书单，我要读丘吉尔的文章，感受他的文采，《维摩诘所说经》、苏曼殊文都想再读。白内障手术后，这些都未做到，但是希望并

烟斗上小人儿的话

未灭绝。视网膜的叛变,扑灭了读书的希望,我不再能享受文字的世界,也不再能从随时随地磕头碰脑的书中汲取营养。我觉得自己好像孤零零地悬在空中,少了许多联系,变得迟钝了,干瘪了,奇怪的是我没有一点烦躁。既然我在健康上是这样贫穷,就只能安心地过一种清贫的生活。我的箪食瓢饮就是报刊上的大字标题,或书籍封面上的名字,我只有谨慎地保护维持目前的视力,不要变成盲人。

我的父亲晚年成为准盲人,但思想仍是那样丰富,因为他有储存,可以"反刍"。这一点我是做不到的。听人读书也是一乐,但和阅读毕竟是不一样的。幸好我还有一位真正可听的朋友,那就是音乐。

文学和音乐,伴随着我的一生。可以说,文学是已完嫁娶的终身伴侣,音乐是永不变心的情人(如果世界上有这种东西的话)。文学是土地,是粮食;音乐是泉水,是盐。文学的土地是我耕耘的,它是这样无比宽广,容纳万物。音乐的泉水流动着,洗涤着听者的灵魂,帮助我耕耘。

我又站在窗前，想起父亲在不能读写时，写出的那部大书，模糊中似乎看见老人坐在轮椅上，指一指院中的几朵蔷薇，粉红色的花瓣有些透亮。忽然间，"桃色的云"出现在花架边，他是盲诗人爱罗先珂笔下的精灵——春的侍者。我揉揉眼睛，"桃色的云"那翩翩美少年，手持蔷薇花，正含笑站在那里。

我不能读书，可是我可以写书。也许，我不读别人的书，更能写好自己的书。

我用大话安慰自己，平心静气地告别阅读。